里《さと》山《やま》少《しょう》年《ねん》たんけん隊《たい》

宮下《みやした》和男《かずお》 文
小林《こばやし》葉子《ようこ》 絵

ヤマネ分教場《ぶんきょうじょう》

ケキョ　ケキョ

ホー　ホー　ケ、ケキョ……

ウグイスは、まだじょうずに鳴けない。

ヤマザクラがようやく咲《さ》きはじめた山道を、父親の源吾《げんご》を先頭に、てんでに荷物をせおった親子七人が歩いていく。母親の背中《せなか》にねむっている子もいるから、家族は八人だ。

昭和十三年三月のすえ、サカダニ村の山おくの、ヤマネ分教場《ぶんきょうじょう》に向かう一行の足どりは重い。

そのころ、教員の給料《きゅうりょう》は安かった。源吾は飯田《いいだ》の町の小学校の教員だったが、ひとりで五人の子ども（すえの子はまだ生まれていなかった）をやしなっていくのは苦しかった。

そこで源吾は教員をやめて、その退職金《たいしょくきん》をもとでに、小さな織物《おりもの》工場をはじめた。

ところが、経営《けいえい》がうまくいかず、わずか五年でまたもとの教員にかえった。

母親のきぬも、独身《どくしん》のころ教員をやっていたので、こんどはきぬもいっしょに、このヤマネ分教場につとめることになった。ともがせぎでなければ、一家八人の生活をささえていくことはできなかった。

子どもたちはみなリュックをせおっている。

長女の富美《ふみ》はこの春、町の尋常《じんじょう》小学校を卒業《そつぎょう》したが、女学校へはやってもらえなかった。この山おくの教員住宅《じゅうたく》から、片道《かたみち》、四キロもある本校の高等科へ通うことになる。目鼻立ちのきりっとした色白の富美は、なにか思いつめたように、だまって歩いている。

一つ年下の長男、総一《そういち》は、この四月から六年生になる。そうりょうむすこでおとなしい。つづいて五年生になる二男《じなん》の広志《ひろし》。丸い目がくりくりよく動いて、すばしっこい子だ。ヤマネ分校は四年生までで、五年生になると本校へ行くから、広志から上の三人は、いま歩いている道が通学路となる。

「山道もいいもんだぞ。もう少したつと、山がみどりになって、道ばたにワラビが出る。秋になりゃあ、紅葉《こうよう》がきれいで、クリも落ちるしキノコもとれる」

父親の源吾は、みなをはげますように、まわりの山々を見まわしてそういった。

「富美と総一と広志は、これから毎日この道を歩いて本校に通うんだ。ほれ、さっき見てき

たあの学校が本校だ。坂道をくだるときは、すべらんように、つま先に力を入れて歩くんだぞ」

源吾は若《わか》いころ、山の学校にいたから、山道にはなれている。

「母ちゃん、おら、あたま痛《いた》い」

三男の和彦《かずひこ》が、力なく立ち止まった。三年生になる和彦は、きょうだいの中ではいちばんやせていた。

「もう少しだで、がんばって歩かにゃ」

母親のきぬが、和彦の手をひいた。その手が熱《あつ》かった。きぬは、いそいで和彦のひたいに手をあててみた。そして顔をくもらせた。

「熱《ねつ》が出たんだねえ。和彦は食べ物にすききらいが多いからだよ。だからこういうときにへたばってしまうんな。総一、和彦のリュックを持ってやりな」

きぬにいわれて、おとなしい総一は、和彦の小さなリュックを手にさげた。

飯田から電車で一時間半。山あいの小さな駅でおりて、もう二時間あまりも歩いたのだから、和彦が熱を出すのもむりはない。

この四月入学する四男の清《きよし》は、和彦より気が強い。とちゅう、足がいたくなったのだが、

「清はよくがんばるな」

と、総一や広志からいわれたので、弱音《よわね》をはかずに、気をはって歩いている。

すえっ子の宣也《のぶや》は三歳《さんさい》だ。ピクニックにでも来たような気持ちで、はじめははしゃいで歩いていたのだが、一キロも来ないうちにしゃがみこんでしまった。おぶいひもで、きぬの背中にゆわえられ、気持ちよさそうに眠《ねむ》っている。

引《ひ》っ越《こ》しの荷物は、前日に、ヤマネ地区の上街道《うわかいどう》までトラックで運ばれ、地区の人たちが総出で、馬につけたり、じぶんで背負《せお》ったりして、住宅まで運んでくれてあった。

一行がヤマネ分教場の住宅についたのは、午後二時ごろであった。区長の金三《きんぞう》さんをはじめ、地区の人たちが出むかえてくれた。

「えー、こんな小さい家で八人もくらすの？」

富美は、母親の耳もとでつぶやいた。

「今さら不平《ふへい》をいってもしょうがないよ。それより、早く和彦を寝《ね》かさなきゃあ」

部屋は、かんたんな床《とこ》の間《ま》のある八帖《はちじょう》が一間《ひとま》と、六帖の小さな部屋が二つ、それに、いろりのある居間《いま》と台所。玄関《げんかん》から入ると、そこは土間で、右手にふろ場があった。

どの部屋も荷物でいっぱいだったが、和彦は、西側《にしがわ》の六帖の部屋の荷物のあいだにせんべいぶとんを敷《し》いて、そこへ寝かされた。

いろりの煙《けむり》ですすけた天井《てんじょう》のます目が、大きく見えたり、小さく見えたりした。熱が高いせいなのだろう。

「薬はどこへしまったっけ……」

きぬが、あっちこっちの荷物をかきまわして、やっとトンプクをさがして、和彦に飲ませた。

外から、村の子どもたちの話し声がきこえてきた。

「こんどの先生は、子どもをたんと（たくさん）つれてきたなあ」

「女が一人に、あとはぜんぶ男だぜ。みんなで五人おるぞ」

「いんね、六人だ。まんだ一人、寝とるのがおるで」

「どれどれ？」

そういって、やぶれたしょうじのあなから、中をのぞくものがいる。和彦は、はずかしくて、ふとんで顔をかくした。

二日たつと、和彦の熱も下がって起きられるようになった。

源吾ときぬは、荷物の整理にいそがしかった。そのあいまに、源吾は、本校や村の役場などへのあいさつまわりをすませた。

子どもたちも、新しい学校に行くじゅんびをはじめた。

高等科へ行く富美と六年生になる総一は、新しいかけカバンを買ってもらったが、広志は、総一のお下がりでがまんさせられた。

「広志は、物をらんぼうにあつかうもんで、ぼうしでもカバンでも、すぐにいたんでしまう。総一のようにていねいにすれば長持ちするのに」

きぬは、ふふく顔の広志をたしなめながらいった。

「いいなあ、富美ねえちゃんや総一にいちゃんは……お下がりなんかもらったことないんだから」

新しい物ほしがり屋の広志は、そういって口をとがらせた。

「お下がりはおまえだけじゃないよ。和彦も清も宣也も、みんなそうなんだから」

きぬは、若いころ、高等科の裁縫《さいほう》の先生だったから、ぬい物がじょうずだ。ほころびのつくろいもお手のもので、厚《あつ》い布地《ぬのじ》のカバンや、足袋《たび》のかかとのほころびなどは、見た目にも美しく、見事につくろってしまう。

おかげで子どもたちは、着る物でもはく物でも、なかなか新しいものにはありつけない。

「お正月になったら買ってやるでな」

これがきぬの口ぐせだった。だから、正月に新しい足袋や下駄《げた》などを買ってもらうのが、子どもたちのいちばんの楽しみだった。

ヤマネ分教場では、一・二年生をきぬが教え、三・四年生を源吾が教えることになった。だから、和彦は父に教わり、清は母に教わることになる。

学校は、住宅の目の前にある。朝、「行ってまいります!」といって家をとびだして、せまい校庭で少し遊んで、教室に入れば、家でさんざん顔を見ている、父や母が教だんに立っている。

和彦も清も、これでは学校へ来た気がしない。ことに、入学したばかりの清は、きぬのことを「せんせい」とはなかなか呼《よ》べない。

「ねえ、母ちゃん、これ、なんていう字?」

なんていってしまい、同じ教室の二年生の子どもたちに笑《わら》われたりする。

けれども、源吾もきぬも、学校へ来れば先生だ。じぶんの子どもだけにあまい顔をしているわけにはいかない。

「和彦、宿題はちゃんとやってきたか?」

などと、源吾はゆうべ和彦が、姉の富美に叱《しか》られて算術《さんじゅつ》(算数)の宿題をやっていたことを知っていながら、そんなことを聞く。

和彦は、町の学校で、二年生まで女の先生に教わっていた。やさしい先生だったから、とくべつしかられたことはなかった。ところが、こんどは男の先生だ。しかも父親から教わるのだ。きらいな算術がよけいにきらいになってしまった。

源吾は、教え方は熱心《ねっしん》だが、気が短くて、大声でよく叱る。

「この問題のできないものは、のこり勉強だ」

といって、放課後、教室にのこして、計算問題をいくつもやらせる。

和彦は、のこされることが多かった。源吾は、雨降《あめふ》りの日などはよくのこり勉強をさせた。それは、雨が降っていると、源吾の好きな釣《つ》りができないからだ。天気のよい日は、放課後《ほうかご》、子どもたちを早く下校させて、じぶんは、ヤマメ川へ釣りにでかけてしまう。

きげんのよいときは、いろいろな唱歌《しょうか》を教えてくれたり、昔話をおもしろく話してくれたりする。源吾の話は紙芝居《かみしばい》よりおもしろい。

しかし、きげんのわるいときは、

「この時間は自習だ。みんな静かに漢字の書き取りをやっておれ」といって、職員室《しょくいんしつ》へ行ってしまうことがある。

ふつうなら、修身《しゅうしん》（今の道徳《どうとく》にあたる教科）をのぞいては、三年生と四年生とを、べつべつに教えなくてはならないのを、源吾はたいていいっしょに教える。

四年生の問題を三年生が先にといてしまったりすると、

「なんだ、四年生はどうした。上級生のくせにだらしないぞ」

などという。また、「この問題ができたものは、外へ遊びに行ってよし」というようなことを、平気でする。

和彦はたいてい後の方だったので、源吾はじりじりして、

「和彦のバカはいつまでかかっとるんだ！」

とどなる。どなられると、和彦は、よけいにあせってしまう。

源吾は、ほかの子にくらべて、和彦にはとくべつ、つらくあたるようだ。和彦は、今は三年生だがいずれ四年生になれば、この分教場ではリーダーとなって活躍《かつやく》してもらわなくてはと、源吾はひそかに期待しているのだった。よその子はできるのに、自分の子がもたもたしているのを見ると、やりきれない気持ちになるのだろう。

和彦だって、親のめんつにかけても、がんばろうという気持ちはあった。ところが、源吾の出した問題で、和彦がたまに早くできると、こんどは友だちにねたまれた。秋男は三年生のく

せに、おとなのような口をきく子だった。

「先生の子だもんで、できるのはあたりまえだ」

と、大声でいう。そして、うしろの方をむいて、源吾にはきこえないように、

「うちでおそわってきたんだぞ、きっと……」

という声が、和彦の耳につたわってくる。また、和彦がいつまでもとけないでいると、

「先生の子のくせに、できんのだなあ」

などと、バカにする。

教室はもちろん二つしかない。そのとなりに小さな体操場《たいそうじょう》がくっついていて、げんかんのすぐそばに職員室がある。

職員室のすみに、たたみ四帖分の小さな部屋が、カーテンでしきられている。ここが救護室《きゅうごしつ》(今の保健室《ほけんしつ》)で、ぐあいのわるくなった子を休ませる部屋だ。

ところが、その小さな部屋をひとりじめにしているものがいる。末っ子《すえこ》の宣也だ。三歳の宣也は、どこも行くところがないので、まい日、母親についてきては、職員室の中のその小さなたたみの部屋で、つみきなどをして遊んでいるが、すぐにたいくつしてしまう。

じゅぎょうが始まって、父も母も教室へ行ってしまうと、宣也はさびしくなって、母親のき

ぬがいる教室に入ってくる。

一・二年の教室には、清がいる。えんぴつをにぎって、いっしょうけんめいに、習ったばかりのひらがなを書いている清のそばへ行くと、宣也もなにか書きたくなって、清の筆ばこの中からえんぴつやけしゴムを持ち出す。

「あっ、母ちゃん、宣也がまた、おれのえんぴつ持ってっちゃった!」

清はわめきながら、宣也をつかまえて、えんぴつをうばいかえす。すると宣也は大声で泣《な》き出す。そうなると、ほかの子どもたちは勉強に身が入らなくなる。

「宣也、だめ! いたずらしちゃあ。さあ、おまえの席《せき》はここにとってあるで、いっしょに字を書いてごらん」

きぬは、教室のうしろにもうけてある宣也用の小さな席にすわらせて、えんぴつと紙をあたえてやる。

宣也はようやく泣きやんで、紙の上に、字とも絵ともわからないものを書きはじめるが、十分ほどたてば、それにもあきてまた、教室の中を歩きまわって、きぬをてこずらせる。

体操の時間になると、宣也もいっしょにボールあそびなどするのだが、思うように投げられなくなると、ボールをかかえこんだまま、はなさない。

「先生、宣《のぶ》ちゃがボールを持ったまんまはなさんに！」

子どもたちはそういって、きぬのところへ申し上げにくる。

休み時間は宣也の天下だ。四年生や三年生の女の子たちが、宣也と遊んでくれるからだ。

「宣ちゃ、さあおんぶしてやる」

数人の女の子たちが、背《せ》をさしむけて宣也をさそってくれる。すると宣也は、いちばん背の高い女の子の背におぶわれて走ってもらい、キャッキャとはしゃいでいる。

宣也は、いくら遊んでくれる姉さんたちがいても、じゅぎょう中の源吾の教室へは入っていかない。やはり、父親の源吾はこわいからだ。三年生の和彦も、じぶんが源吾からおこられているところへ、宣也なんかが入ってきてはいやだなと思っていた。

ところが、その宣也がとつぜん源吾の教室に入ってきたのだ。

「父ちゃん、へんなおじさんがきたよ」

三歳の宣也だが、ただならない様子だ。源吾がいそいで職員室に行ってみると、ごましお頭で、手ぬぐいを首にかけたじいさんが、こわい顔で立っていた。

「こんど来た先生さまかい。わしは、学校の庭の横に畑をもっとる作蔵《さくぞう》ちゅうもんだ」

〝先生さま〟と呼びながら、ことばはぞんざいだ。

「はあ……」

源吾は、かたくなった。

「おらほの畑が、学校のガキどもにあらされて、ジャガイモがめちゃめちゃだ。いったいどうしてくれるだ！」

作蔵のしわがれ声が、体操場までひびいた。

「はあ、そ、それはどうも、申しわけありません」

源吾は、ふかぶかと頭を下げた。

「申しわけありませんですむと思っとるだか？　先生さまだって、住宅のまえの畑に、ちいっとばかり野菜《やさい》を作っとるようだが、あの畑があらされたら、だまっておれんずら」

「はあ、それは……」

「それだでなあ、先生さま、学校の庭のまわりにさくをつくって、ガキどもが飛《と》び出せんようにしてくりょ。まり（ボール）が飛び出ると、ガキどももそいつをひろいに飛び出すだ。そいだで畑がめちゃめちゃになっちまうだ。さくにする竹なら、おらほの竹やぶにいくらでもあるでな」

「すると、学校で竹を切ってきて、さくを作れっておっしゃるわけですか」

「そういうことを、いっとるだ」

「しかし、校庭のまわりに竹のさくを作るとなると、わたしひとりではとても……」

「先生さまのつごうなんか、ききにきたんじゃねえだ。さくを作ることがいやだったら、おらほのジャガイモ畑をもとどおりにしてくりょ！　さあ、いますぐやってもらうだ！」

作蔵は、どうやら、ちゃわん酒を一ぱいひっかけてきたらしい。源吾の顔にかかってくる息が酒くさい。

ちょうど休み時間になったが、職員室から作蔵のどなり声がきこえるので、子どもたちがのぞきに来た。

「おい、男先生が作蔵さにおこられとるぞ」

秋男がおもしろ半分にそう言って、みなに知らせている。

「先生でも、おこられることがあるのかなあ」

「あのおじいは〝マムシの作蔵〟って言われとるで、先生にだってかみつくんずら」

四年生の健三《けんぞう》が、大人びた言い方をした。

「女先生、呼んでくるか」

女の子たちが気をきかせて、きぬを呼びに行った。

清も宣也も校庭に出て遊んでいる。和彦は、秋男たちの様子に気づいていたが、ただ、ことのなりゆきを見ているほかはなかった。

作蔵は、きぬにたいしても、源吾にかみついたのと同じ調子でどなりちらした。

きぬはだまってきいていた。そのうちに作蔵の方は、酒がまわりすぎたのか、ふらふらしはじめた。

「た、竹はある。……竹はあるで、庭のまわりにさくを作るだ。は、早く作るだ……」

作蔵は、職員室のゆかの上に、でんとすわりこんであぐらをかき、うでぐみをして、フウッと酒くさい息をついた。

「作蔵さんとおっしゃいますか。あのねえ、作蔵さん、学校の庭は、ニワトリ小屋とはちがうんですよ」

きぬは、こみあげてくるいかりをおさえて言った。

「ニワトリ小屋だなんて、だ、だれがいった？」

作蔵は、目をむいて、きぬをにらんだ。

「こんな小さな校庭を、さくでとりまいたら、ニワトリ小屋と同じじゃないですか。そんなところにとじこめられて、子どもたちはいったいどうなると思います？　ジャガイモ畑が荒ら

されたたってておっしゃいますけど、子どもがボールひろいに入るくらい、しれたものじゃありませんか！」

きぬのことばが、だんだん強くなってきた。そばで源吾がはらはらして、しきりに目くばせするのだが、きぬはもう後へは引かない。

「作蔵さんだって、子どものころは、そこらを走りまわってお遊びになったんじゃありませんか。それとも、ひとさまの畑へは一歩も入ったことはないとでもおっしゃいますか。だいたい、校庭のそばの畑にジャガイモを作るなんていう考え方がおかしいんじゃありませんか。子どもたちにふまれてもいいような、クワ畑かなんかにしたらどうなんでしょう」

「なに、クワ畑にしろって？　百姓《ひゃくしょう》のことなんか何も知らんくせして、な、なまいきこくな！」

作蔵がどなった。

職員室の入り口や、窓《まど》の外からのぞきこんでいた子どもたちは、びくっとして顔をひっこめた。

そのときだった。

「女先生、がんばって！」

こどもたちの中から、かん高い声が起こった。四年生のミサ子だった。

さすがの作蔵も、これにはぎくっとなった。つづいて、男の子たちの声も飛んできた。

「男先生、なにしとるだ」

「さくなんか、作らんでもいいぞ！」

「〃マムシの作蔵〃は、早くうちへ帰りな。おばあが待っとるに！」

そういったのは、和彦のとなりにならんでいる三年生の健三だ。子どもたちがアハハ……と笑った。

作蔵の赤い顔が、だんだん青ざめていった。そして、ぶつぶつ言いながら、職員室を出て行った。

学校の女先生が〃マムシの作蔵〃を追っぱらったというニュースはたちまちヤマネ地区に広がった。

「こんど来た女先生は、なかなかきついいっちゅうじゃねえか」

「男先生は、作蔵に何もいえなんだそうだのう」

「あれだけ子どもが多いんだで、女親がしっかりせにゃあ、やっていけんずら」

きぬはしっかり者だという評判《ひょうばん》は、一気に高まって、近所の家から、ワラビやタケノコがとどけられた。

しっかり者といえば、長女の富美もそうだった。六人きょうだいのいちばん上で、下はみんな男の子だったから、母親の片《かた》うでとなって、よく弟たちのめんどうを見た。

班長《はんちょう》のような存在《そんざい》で、女の子とはいえ、きびしかった。食べ物にすききらいがはげしい和彦が、夕飯《ゆうはん》のおかずが気に入らなくて、ふくれっつらなどしていたものなら、

「食べたくないんなら、よしな！」

というが早いか、前にもりつけてあるご飯を、さっととりあげて、バサッとおひつの中にかえしてしまうのだ。

和彦は、つけものがきらいだった。野菜でも、ネギやニンニクや、カブナの根もとのところがきらいで、むりにのみこもうとすると、のどがウエッとなって、目から涙《なみだ》が出る。

焼きざかなは好きだったが、そんなものはなかなか口には入らなかった。

夕飯といえば、たいていはムギのたくさん入ったごはんに、野菜のにものに、つけものとみそ汁《しる》といったところだった。

富美に夕飯をとり上げられた和彦は、すねて、部屋へ入ってしまった。

「あんなまずいご飯なんか、食べてやるもんか！」

といじをはって、せんべいぶとんにくるまって、寝てしまった。

けれども、どうにもおなかがすいて、がまんできない。夜中に目をさまして、そっとだいどころへ行ってみると、きぬが気を使ってくれたのだろう、ムギ飯《めし》の小さなおにぎりが二つ、皿の上に乗っていた。

六人きょうだいの四ばんめの和彦は、いてもいなくてもいいような存在だった。長男の総一は、おとなしいが、手先がきようで、手工《しゅこう》（今の図工）や図画の成績《せいせき》が特《とく》に良《よ》かった。二男の広志は、試験《しけん》で百点をとることがよくあったし、足が速くて、運動会のかけっこではいつも一等をとってきた。

ところが、和彦はこれといったとりえがなく、兄弟げんかだけは一人前にやるので、どちらかといえば、やっかいものとされていた。

ヤマネ分教場の子どもたちのあいだで、スズメの子を育てるのがはやっていた。四年生や三年生の男の子たちは、たいていい家でスズメの子を飼《か》っていて、中には、肩《かた》にとまらせて、学校までつれてくるものもいた。

五月から六月にかけて、スズメが屋根に巣をかける。子どもたちは、はしごをかけて屋根にのぼり、卵《たまご》からかえったばかりのヒナをしっけいしてくる。ぜんぶとってくると、親スズメが悲しがるので、一羽か二羽、里子《さとご》にもらってくるのだ。

ボール箱の中に、わらで巣《す》をつくって、ヒナを入れ、米のこなを水でねって、ちいさなすりばちで、ハコベをすりつぶしたのをまぜて、ねりえを作る。それをはしの先につけて食べさせると、ヒナは二、三日して目をあけ、黄色いくちばしをあけて、えさをねだるようになる。

勉強はそっちのけで、ヒナのせわをすると、やがてヒナはかいぬしを親と思いこんで、手や肩にのぼったり、ちょんちょんと、あとについてくるようになる。

和彦は、同じ三年生の文治《ぶんじ》に、一羽分けてもらって飼ってみた。スズメの子は、よくなついて、まるで和彦の子分のように、あとについてくる。〝チュンすけ〟という名まえをつけたうちをするように「チュッチュッ」と呼ぶと、すぐに飛んできて、手の上に乗る。

外になかまのスズメがいても、飛び出していかない。家にいるとき、源吾がハエたたきでハエをたたくと、チュンすけはすばやく飛んできて、そのハエをくちばしでちょんとひろって、のみこんでしまう。

「おっ、こりゃいいわ。スズメの子でも、役立つことはあるもんだな」

源吾は、ひさしぶりに、和彦に笑顔《えがお》をむけた。

そのときから、チュンすけは家じゅうの人気者になった。八人も家族がいるのに、チュンすけは、和彦の「チュッチュッ」という呼び声をちゃんと聞き分けていた。ほかのものが同じように呼んでも、なかなか飛んでこないが、和彦が呼ぶと、どこにいても矢のような速さで飛んでくる。

「和彦が呼ぶのと、おれたちが呼ぶのと、どこがちがうのかなあ」と、総一も広志も首をかしげた。

和彦は、やっときょうだいの中で、みとめられたような気がして、チュンすけといっしょにいる時は、顔も生き生きとしていた。

羽がのびて舞《ま》うようになると、家の中ではそうぞうしくなるので、ハサミで羽の先を切って、舞えないようにした。

学校へつれていくと、源吾にしかられるので、ひるまは鳥かごに入れて住宅においておくが、休み時間にはえさをやりに、学校から抜《ぬ》け出してきた。

「それくらい、勉強も熱心にやるといいんだがなあ」

チュンすけに夢中になっている和彦を見て、源吾はひにくをいう。けれども、和彦には源吾のひにくも通じないようだった。

きょうだいの多い家では、上の子が少し大きくなると、下の子の子守《こも》りをさせられた。

四年生の三郎は、いつも妹のアキ子をおんぶしていた。アキ子は、いつもはおとなしくて、かわいらしい赤んぼうだったが、その日にかぎってむずかって泣いていた。三郎は、もう子守りはかなわんといいたげな顔で、らんぼうに背中をゆすっている。

三郎は、じぶんがドッジボールなどしたいときは、背中からそっとアキ子をおろして、おぶいひもでアキ子のこしをしばり、そのはしを校庭のすみのサクラの木につないでおく。サクラの木のしたは芝生《しばふ》になっているので、アキ子はそこにすわったり、はいはいしたりして、しばらくおとなしくしている。三郎は、アキ子を横目でちらっと見ながらドッジボールをする。

ところが、きょうのアキ子はきげんが悪い。和彦は三郎がかわいそうになって、

「アキ子、ないちゃだめ。ほら、いいものを見せてやるでな」

といって、だいじなチュンすけを手にのせて、そっとアキ子の顔のまえに出して見せた。

すると、アキ子は泣きやんで、小さな手を出してきた。

「ほーら、チュンすけだよ。だいじだいじだよー」

和彦は、チュンすけをアキ子の手にさわらせてやろうとした。

ところが、アキ子は、その小さな手ににあわず、子スズメのチュンすけを、ぎゅっとにぎっ

た。

「チィーッ」

チュンすけは、小さなひめいをあげた。

和彦は、はっとして、いそいでアキ子の手からチュンすけをうばいかえした。

チュンすけは、和彦の手の中で、くちばしをわずかにあけて、からだをふるわせていた。

いそいで、家にかけこんで、巣の中に入れ、はしの先に水をつけて、くちばしにふくませてやったが、チュンすけはもう、その水をのみこむ力さえなかった。

「母ちゃん、早く来て。チュンすけが死にそうだ！」

和彦は、きぬを呼んできた。

「どうしたんな？」

きぬは、ぐったりとなったチュンすけをのぞきこんできいた。

「三郎のとこのアキ子に見せたら、手でギュッとにぎって……」

「あかんぼうは、なんにも知らんもんで、なんでも強くにぎるんな。かわいそうだが、もう助からんかも知れんなあ」

それから二十分もたたないうちに、チュンすけは息たえた。

「ちくしょう、アキ子のやつめ……」

和彦は、くやしなみだで顔をぬらした。

「スズメの子が死んだくらいで、男の子が泣くもんじゃないに」

きぬにそういわれると、和彦はよけい涙があふれた。

かわらんべ

夏休みになった。

「おい、きょうはお母さんにべんとうを作ってもらって、みんなで二瀬《ふたせ》へ行くぞ」

ゆうべのうちに、きぬとは打ち合わせができていたようだ。きぬはもう台所でたくさんのおにぎりを作っている。

いつもは、自分ひとりで、こっそり釣《つ》りにでかける源吾《げんご》が、家族づれで出かけるのはめずらしいことだ。子どもたちはおどろいて、顔を見合わせていたが、みな、すぐに歓声《かんせい》をあげながら支度《したく》にとりかかった。

二瀬というところは、学校から三キロほど西に行ったヤマネ川の上流で、川が二つに分かれて瀬《せ》をつくり、やがて合流して、その間に〝島〟を作っている場所だ。

島の部分は、学校の校庭よりずっと広くて、木立もあって涼《すず》しく、はんごうすいさんもできるし、川で泳いだあと、昼寝《ひるね》するのにもちょうどよい場所だ。

島へわたる丸木橋もかかっている。また、二つに分かれた瀬が合流するところは、渕《ふち》になっていて、「二瀬ぶち」とよばれており、水底《みなそこ》は見えないほど深い。

その二瀬ぶちには、アメノウオ（ヤマメ）の大物がいるらしく、源吾はそいつを釣るのが目あてだ。アメノウオは「天の魚」と書く。銀色に輝くからだに、天からしたたり落ちる雨のような、たてじまの模様《もよう》があり、星のように赤い点々をちりばめた美しい魚だ。大ものになると。三十センチをこえる。

子どもたちの魚《うお》のとり方にはいろいろある。そのころはまだ、水中めがねなどというものはなかったので、大工さんにたのんで、四角な箱の底《そこ》にガラスを張《は》った〝水かがみ〟というのを作ってもらった。その水かがみも、ただの四角の箱でなく、のぞき口をすぱっと斜《なな》めに切った形にして、腰《こし》をかがめ、首をのばしてのぞくと、水中を遠くまで見ることができた。

和彦《かずひこ》は、初《はじ》めてその水かがみで川をのぞいた時は、川底《かわぞこ》のきらきらした砂《すな》つぶや水あわまでがはっきりと見え、こんなきれいな世界が川の中にはあるのかと、思わず胸《むね》がドキンと鳴った。

とつぜん、岩のあいだから頭の大きな魚がとびだした。口も大きい。カジカだ。むねに吸盤《きゅうばん》があって、岩にへばりついて、流れてくる虫などを、その大きな口でぱくりとやるのだ。水中でひらひら泳がないので、モリでついて捕《と》るのが手っとりばやい。これを〝つき〟といった。

モリはたいてい手づくりだった。四本か五本の太い針金《はりがね》を、手の先のようにそろえて、細い針金でからげ、竹の先にさしこむ。竹がわれないように、これもしっかり針金をまきつけてから、太い針金の先をヤスリでこすってとがらせると、モリができあがる。

この川にいちばん多くいるのがウグイだ。五月の産卵期《さんらんき》になると、腹《はら》が赤くそまって、浅瀬《あさせ》に集まってくるので〝アカウオ〟ともいわれる。産卵中にいきなり、ざぶざぶと浅瀬に入っていくと、アカウオはおどろいて飛《と》びあがり、中には岸にはね上がるものもいる。

川に入るときは、はだしだと石あかですべるので、わらぞうりをはいたままで入る。そのわらぞうりの作り方は、たいていの子どもは知っている。和彦も源吾から教えてもらい、作ることができた。

〝つき〟で捕るのは、カジカのほかにそのウグイ、ヤマメやイワナ、ときにはウナギまでね

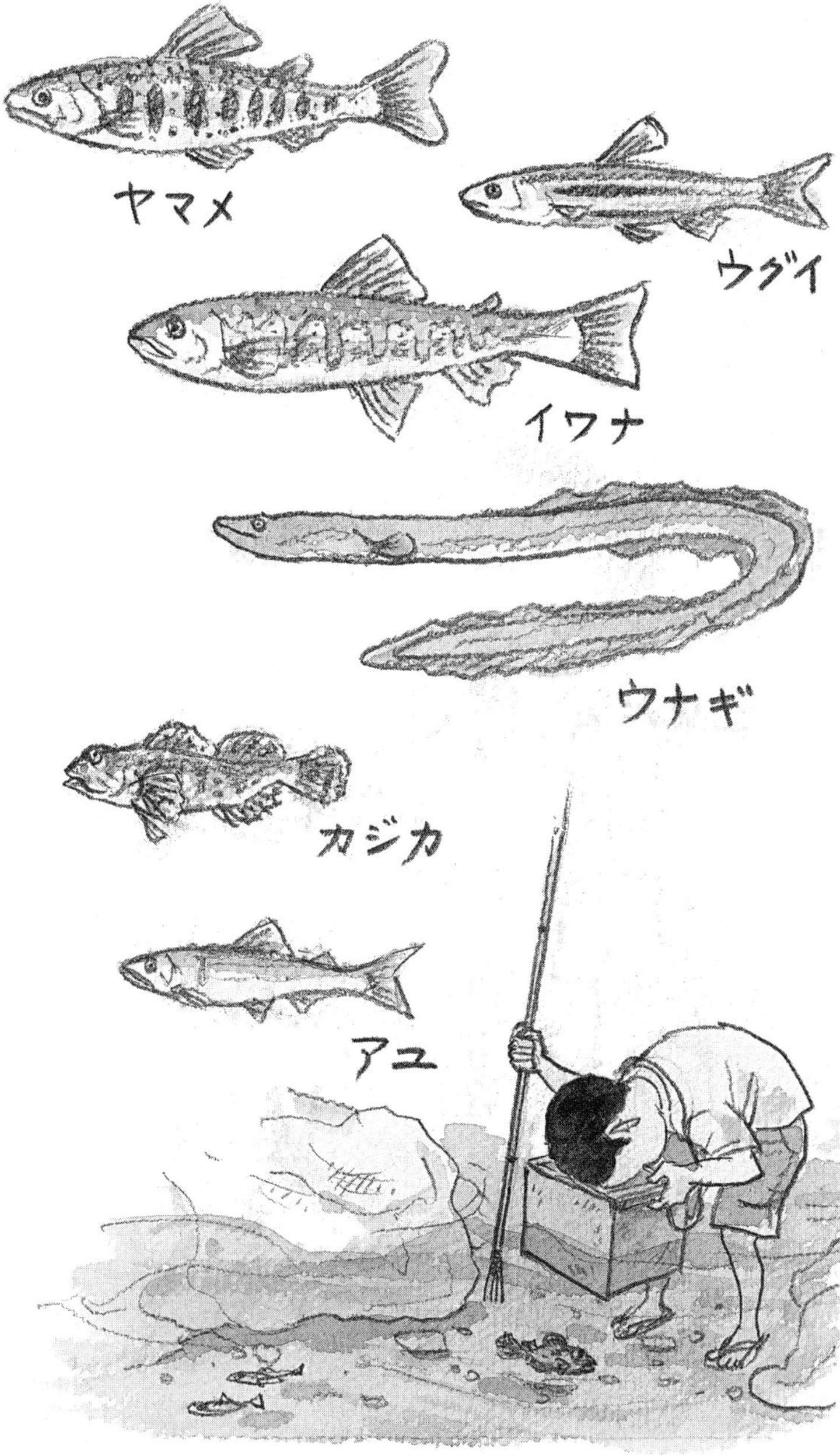
ヤマメ
ウグイ
イワナ
ウナギ
カジカ
アユ

らうことができた。しかし、ウナギは力があるので、よほどがんじょうなモリでないと、針金をひんまげてにげてしまう。

きょうだい中でいちばん器用な総一《そういち》は、カジカの釣り方を考案《こうあん》した。まず、竹やぶから一メートルほどのじょうぶな短い竹を切りだしてくる。その先に二十センチぐらいな釣り糸をむすび、針《はり》と小さなナマリの重りをつける。針には、餌《えさ》のシマミミズをつけ、水かがみでのぞきながら、これを岩のすきまなどの前で、ちょんちょんと踊《おど》らせる。すると、腹をすかせたカジカが飛び出してきて、あの大きな口でぱくりとやる。

「よしよし、餌はまだ針についたままだ。これでまた釣れるぞ」

総一は得意顔《とくいがお》だ。水かがみで見ながら釣ることができるのだから、スリルはふつうの釣りの二倍にもなる。

七月のある日曜日、和彦は兄の総一のお供《とも》でカジカつりにでかけた。水かがみも一人前に作ってもらい、しかけも総一の手で、じょうぶなのにできていた。

「これなら、どんな大物でも釣れるぞ。針もじょうぶなのをつけてあるで」

総一にいわれて和彦は、わくわくしながら〝水中釣り〟をはじめた。

「あっ、えさをとられた。針が大きすぎたのかな?」

とびついてきた小さなカジカに、えさのシマミミズをするりと取られてしまった。

和彦は、あたらしいえさにかえて、こんどは大きな岩と岩のすきまの前にさおを入れた。えさのシマミミズは針にさされても生きていてぴくぴくうごいている。

とたんに、岩のすきまから、黒い頭がぬっとあらわれて、えさをばくりとやると、そのままひっこんだ。

「総一兄《にい》ちゃん、へんな魚にえさをのみこまれた！」

和彦がさけぶと、総一がやってきた。

「いいか、そのままさおをはなすなよ。思いきって引っぱってみよ。糸も針もじょうぶにしてあるで」

総一にいわれると、和彦は、足をふんばって、さおをぐぐっと引っぱった。

にゅるにゅるにゅるにゅる！

水から上がったのは、みごとなウナギだ。

「おう、こりゃあウナギだ。和彦、でかしたぞ！」

総一にかたをたたかれ、和彦は足がふるえた。

家に帰ると、源吾はさっそく、ウナギをさばきにかかった。

「和彦も、なかなかやるじゃないか。ウナギのかばやきなんて、何年ぶりかなあ」

その日の夕飯はにぎやかだった。

「ウナギは、ほんの一切れずつだけど、カジカのてんぷらはたくさんあるで」

きぬはそういって、ごはんを、いつもより多くもりつけてくれた。

つぎに〝ひっかけ〟という捕り方がある。これは、水中をひらひら泳ぐアユを捕るのに使う。釣り道具屋《どうぐや》から、ひっかけ用の大きな針を買ってきて、これを数本くみ合わせて、じょうぶなひもの先にしばりつけ、船のいかりのような形にする。これを、細い竹ざおの先に仕かけて、アユをひっかける。

アユをとらえると、いかり型《がた》の針は、さおの先からはずれ、三十センチほどのひもがのびて、ひっかけたアユを釣り上げるようなかっこうになる。

天然《てんねん》のアユだから力が強い。大ものになると、ぐんぐん水中にもぐりこむ。その手ごたえの心地よさは、なんともたとえようがない。この〝ひっかけ〟のうまいのは、五年生の広志《ひろし》だ。

アユは天龍《てんりゅうがわ》川をどんどんさかのぼって、このヤマメ川にもたくさん上ってくる。水中の岩についた川藻《かわも》（ミズゴケ）をえさにするアユは、はげしくなわばりあらそいをしながら、たくましく育つ。

背中《せなか》がもりあがって、そりたてのお坊《ぼう》さんの頭のように、青光りのするからだをくねらせて、あわだつ水中から、さっと姿《すがた》をあらわした時は、ドキンと胸が鳴る

〝ひっかけ〟の名手である広志は、水かがみでアユをとらえると、流れにさからわずにさおを近づけ、はげしく引く。しかし、アユはすばやく針の下をくぐりぬけて逃《に》げる。

しばらく待つと、アユはふたたび、自分のなわばりにもどってくる。広志のどんぐりまなこが、すばやくアユをとらえ、さっとさおを引くと、針はガクッとアユの背中にくいこむ。

「おーい、かかったぞ!」

広志は、こうふんしながら、えものを岸辺《きしべ》に引きよせる。

「〝カン持ち〟はだれだ! 早く!」

広志のかん高い声をききつけて、浅瀬で水かがみをのぞいていた和彦があわてて走ってきた。

〝カン持ち〟というのは、えものを入れる、網《あみ》のついたブリキのカンを持つ役のことだ。

三年生の和彦は、まだ〝ひっかけ〟はできないので、もっぱら〝カン持ち〟をさせられていた。

「おーい、こんどはこっちだぞ。〝カン持ち〟早く!」

カンの口のあみをひらいて、広志のひっかけた大物のアユを入れたとたんに、こんどは総一

が呼《よ》んでいる。カン持ちもなかなかいそがしい。

こうして、子どもたちは、夏の午後になると、みなヤマメ川にやってきて、水泳をしたり、魚《さかなと》捕りをする。まるでかわらんべ（カッパ）の集まりだ。

さて、二瀬についた一家は、さっそくそれぞれのやり方で魚捕りを始めた。

清《きよし》と宣也《のぶや》は、富美《ふみ》といっしょに、手ぬぐいを広げて、あみの代わりにして、浅瀬の小魚をすくっている。卵《たまご》からかえったばかりのウグイの稚魚《ちぎょ》だ。ヤマネの子どもたちは〝メト〟と呼んでいる。きぬは木かげに休みながら、その様子をながめている。

源吾は、二瀬ぶちにどっかりかまえて、釣り糸をたれ、もっぱら大物のヤマメをねらっている。ウグイはよくかかるのだが、ヤマメのあたりがない。

「さあみんな、お昼だに。おつゆもにえたで、早くおいなんよ（来なさいよ）」

きぬが、木立の下から呼んでいる。源吾は一足先にきて、釣った魚をくしにさし、火にあぶっている。

和彦がそこへ、アユのカンを重そうにさげてきた。

「兄ちゃんたちが、ひっかけで、こんなにとったよ。まだ生きてるやつもいる」

「どれどれ、おっ、こりゃすばらしい！　大物ばかりだ。和彦、いくつおるか、数えてみよ」

源吾にいわれて、和彦は得意《とくい》な顔で、一匹二匹《いっぴきにひき》と数えていく。「ぜんぶで十八匹《じゅうはっぴき》だよ！」

「十八匹？　そりゃあ大漁《たいりょう》だ」

源吾は、アユもじょうずに腹わたを取り出して、くしざしにして、たき火のまわりにならべた。

暑いので、男の子たちはみんなパンツ一つのはだかのまま、おにぎりをほおばっている。味噌《みそ》をつけて焼《や》いた、こうばしいおにぎりだ。味噌汁《みそしる》は、家で作るのとはまったく味がちがう。

「母ちゃん、みそしる、おかわり！」

和彦が、いせいよく、おわんをきぬの前につき出した。

「おや？　和彦がみそしるのおかわりなんかするの、めずらしいね」

きぬは、あきれて富美と顔を見合わせた。

「和彦もこのごろ、いくらか肉がついてきたようだな。みそしるをたくさんのむと、からだが丈夫《じょうぶ》になるでな。さて、ぼくもみそしるをもらうか……」

こんがり焼けた、くしざしの魚を子どもたちに配りながら、源吾がいった。

「おや？　お父さんの分も、おわんによそったはずだに」

「え？　でも、ぼくはまだもらってないよ」

「おかしいねえ、ちゃんと八つよそったはずなのに、おわんも八つ用意して……」

きぬは、そういって、丸く輪《わ》になってすわっている、はだかんぼの子どもたちを見まわした。

「おや？　一人多いようだね」

子どもたちの中に、一人だけ、うしろむきになって、おにぎりをほおばっているものがいる。

「あの子、どこの子？　だれかのおともだち？」

富美が聞くと、みなはいっせいにその子の背中に目をやった。するとその子は、ひょいとうしろをふりむいた。

「あっ、カッパだ！」

清がさけんだ。その子は、絵本にあるカッパとそっくりな顔をしていたからだ。

「えへへへ……おれ、〝かわらんべのツネ〟っていわれとるんな。だまってごっつおう（ごちそう）になっちまって、すまんなあ」

その子は、前へつき出た口をぱくぱくさせてそういうと、ぺこんと頭をさげた。頭の毛ののびぐあいや、ギョロっとした大きな目、あごのとんがりぐあいから見て、カッパそっくりだ。

「おまえさんのお家《うち》はどこ？　学校へ行っとるの？」

きぬが聞いた。

「うちは、この二瀬の近くにあるんな。学校へは行っとらんけど、ほんとうなら五年生な。でも、きょ年までは、たまにだけど、分校に通っとったんだに」

とがった口でよくしゃべるが、わるい子ではないようだ。

「みんな、先生んとこの子たちずら。ひっかけで、アユをたくさんとったようだけど、お昼っからおれ、おもしろい魚のとりかた、教えてやるでな」

かわらんべのツネは、そう言って、二つめのおにぎりをほおばった。手はやせているが、水かきはついていない。

ツネの「おもしろい魚のとりかた」というのは、〝瀬干《せぼ》し〟または〝川干《かわぼ》し〟といって、川の水を干《ほ》し上げてしまうやりかただ。

二つの瀬に分かれているその一方の流れを堰《せ》きとめて、水をもう一方の流れに寄《よ》せてしまう。すると、堰きとめられた瀬《せ》にいた魚たちは、逃《に》げ場を失《うしな》って、ピチピチ跳《は》ね上がる。そいつを、まるで拾い上げるようにつかみとる。

深いところには、まだ魚たちがひそんでいるが、水が少なくなればこっちのもの。網で掬《すく》ったり、素手《すで》でつかまえたりする。

二瀬では、これができるからおもしろい。かわらんべのツネは、もうなんども〝瀬干し〟をやっているらしく、なれた手つきで、カワヤナギの枝《えだ》をポキポキ折《お》りとってきては、水の中に踏《ふ》みこんで、石でおさえて、川の流れを堰き止め始めた。

総一も、広志も和彦も清も、源吾までいっしょになって、ツネのやるのをまねた。

「石で手をつめんように、気をつけなんよ」

ここではツネが先生だ。二瀬の一方の瀬は、みるみる水がへっていく。細いからだでも、ツネは大きな石を運んでいく。半分、水に浮《う》かばせるようにして運ぶところを見ると、なかなか頭を使っているようだ。

急に水が減《へ》ってきたから、魚たちは大さわぎだ。水たまりになってしまった川瀬《かわせ》に、背《せ》びれを立てて、ウグイやヤマメが走り回っている。

「うわあ、おさかながいっぱいいる。ぼくもつかまえてやるから！」

宣也が、うちょうてんになって、水たまりの魚を追っかけている。

石にたまった茶色の水あかが、太陽にさらされて、なまぐさいようなにおいを立てている。

「ああっ、川のにおいがする」

清は一年生だが、においには敏感《びんかん》だ。

「ややっ、ウナギだ！」

総一がさけんだ。

「まてまて、ヘビかもしれん。気をつけろ！」

源吾はヘビがだいきらいで、釣りに出かけても、ヘビを見るとそのまま引き返してしまうほどだ。

「この石のかげから、むこうの水たまりへ入っていった！」

総一が指さす水たまりは、まだ、おとなの腰《こし》ぐらいの深さがある。

「中にもぐって、さがしてみるか」

そういったのは広志だ。

「待て、おれがモリでついてやる」

総一が、水かがみとモリを持ってきたが、水がにごっていて、よく見えないようだ。

「こいつは、おらにまかしといて」

ツネが、まるで風呂《ふろ》にでもつかるように、水たまりの中に消えた。水面に波ひとつ立てない。

みなが、息をのんで見つめていると、右手に太いウナギをつかんだツネが、水を割《わ》って現《あら》われた。

「わあっ」という歓声が上がった。

瀬干しで捕れた魚は、たちまち入れもののカンにいっぱいになった。

「さあ、トマトもキュウリも冷《ひ》えとるで、みんな一休みしまいか（しましょう）」

きぬがみんなを、中州《なかす》の木かげにさそった。清水《しみず》のわき出ているところに、トマトとキュウリが冷やしてある。

魚を追っかけまわして疲《つか》れたのか、宣也も清も和彦もゴザの上でお昼寝《ひるね》だ。かわらんべのツネは、いつのまにかいなくなった。

源吾は、まだ二瀬淵《ふたせぶち》の大物にみれんがあるのだろう。みなが一休みしている間に、そっと抜《ぬ》け出して、二瀬岩のかげから糸をたらしている。

昼前に釣れたのはウグイばかりで、ヤマメは一匹も針にかからなかった。淵《ふち》の大きさから見て、ここには四十センチ以上《いじょう》の大物がいるはずだと、源吾はにらんでいた。

昼前は、家族のものたちが上流でさわいでいたし、少し前には川ぼしで水をにごらせていたから、敏感なヤマメは、その間じっと川底にひそんでいたに違《ちが》いないと、源吾は思った。

「よし、えさをかえてみよう」

源吾は、えさにしていたシマミミズを針からはずすと、川虫にかえた。さっき、川ぼしをしている間に、石にはりついていた川虫をとっておいたのだ。

頭上まで枝がたれているカエデの木で、ヒグラシが鳴き始めたのといっしょだった。ビリビリッという感覚《かんかく》が、さおの先から伝《つた》わった。

「来た！」

源吾は、心の中で叫《さけ》んだ。体中の血がいっせいに目をさました。餌《えさ》をくわえてから飲《の》み込《こ》むまで、三秒ぐらいの間、糸を少しゆるめてやり、それからぐいっと合わせるのがこつだ。

源吾はおちついていた。だが、次の瞬間《しゅんかん》、源吾は淵の中へのめりこみそうになる体を、やっとのことでささえたが、ふんばったその足がガクガクふるえた。

それは、針にかかった魚に引っぱられているという感じではなく、首にくさりをつけた猛犬《もうけん》に、ぐいぐい引かれていくという感じだった。

さおはもちろん満月《まんげつ》のようになって、先がブルブルふるえている。

「あせるな。魚の動きに合わせるんだ！」

源吾は、自分に言《い》い訊《き》かせた。魚は、下流にむかって逃《のが》れようとする。源吾は、岩をつたわって二足三足移動《いどう》したが、さおを立てることだけは忘《わす》れなかった。さおをのばしたら最後《さいご》、糸はぷっつりいってしまうからだ。

しばらくすると、魚の引きがとまった。

「さては、はずれてしまったか！」

源吾は、気落ちして、さおを上げようとすると、魚はまたはげしく引き始めた。

「魚を休ませてはだめだ。泳がせて弱らせるんだ」

源吾は、土地の人に聞いたことばを思い出した。

二十分ほどもすぎただろうか。魚はさすがに苦しくなったのか、ようやくその姿を現した。赤みをおびた銀色の横腹を見たとき、源吾の胸は高鳴った。

「今までに見たこともない大物だ。この川の主《ぬし》かも知れん」

源吾はそうつぶやいた。

「こいつは、一人では釣り上げられんぞ。だれか、網で掬《すく》ってくれるといいんだが……」

源吾は、中州の方にむかって大声でさけんだ。

「おーい、総一ー。広志ー。和彦ー。だれか、網を持ってきてくれー。でっかいやつがかかったんだーー！」

けれども、その声は川瀬の音にかき消されて、子どもたちのいる中州には届《とど》かない。

「えーい、しかたがない。浅瀬の方へ引きよせて、釣り上げるか」

しかし、浅瀬はむこう岸に近く、源吾の立っているところは岩場で、足もとから水は深くなっている。

さすがの大物も、弱りきっているようだ。竿《さお》を立ててひっぱり、ゆっくり引き寄せると、おとなしくついてくる。

「よし、これならだいじょうぶだ」

源吾はにんまりした。さおはまるで二つおりになるほど大きくしなったが、魚は足もとまで引きよせられた。

やがて、口をわずかにあけたおおきな魚の頭が水面から現れた。その目が、うらめしそうに源吾を見ているようだった。

「なんで、このおれを釣り上げげんならんのだ」

魚は、そういっているようだった。源吾は、思わず右の手で糸をつかんで、いっきに魚を引き上げようとした。

その時だ。魚は最後の力をふりしぼって、頭をはげしく振《ふ》り、からだをくねらせて、尾《お》びれでバシャッと水をたたいた。

「しまった！」

源吾が、糸を手でつかんだのがいけなかったのだ。魚のはねた力で、糸は魚の口もとでプッリと切れてしまった。

源吾は、ガックリと肩《かた》をおとして、ぼうぜんとそこに立ちつくした。ヒグラシがさかんに鳴いていたが、源吾の耳にはなにも聞こえなかった。

あの魚の目のなんばいもうらめしい目を、水面にむけていた源吾が、ようやく竿をたたんで引き上げようとしたときだった。いきなり、二瀬淵の水を割って、ガバッと現れたものがあった。

「あっ！　お、おまえは……」

「かわらんべのツネな。男先生、ほれ、わすれもの！」

ツネは、立ち泳ぎをしながら、両手をさっとあげた。見ると、その手にはいま、源吾が釣り落とした、あの大物のヤマメをつかんでいるではないか。

「おれ、さっきから見とった。こいつは、この淵の主だに。針をのんどるで、どうせ死ぬずら」

ツネは岩の上に、もう死にかかった大ヤマメをおくと、また、水の中にもぐってしまった。

源吾が二瀬淵で、ヤマメの大物を釣ったことは、たちまちこのヤマネ地区で評判になった。

「男先生が二瀬淵で、アメノウオの大物を釣ったっちゅうのう」「尺五寸《しゃくごすん》（約《やく》五十センチ）も

あったっちゅうじゃないかな」

じっさいは四十センチほどだったのが、うわさでは五十センチにもなっている。

「二瀬淵の主だっちゅうが、ぬしを釣るとたたりがあるっちゅうで、おそろしいなむ」

「それでもたいしたもんだに、男先生は……」

どうやら、源吾のひょうばんは、わるくないようだ。あの大物は、実際《じっさい》にはかわらんべのツネが手をかしてくれて、自分の獲物《えもの》となったのだが、源吾はだれにもそれは話さなかった。自分ひとりのてがらにしようというのではない。たとえそれをだれかに話したところで、信《しん》じてはもらえないと思ったからだ。まったく、あのツネの早わざは、源吾自身も信じられないほどだった。

ツネは、ほんとうにカッパの生まれかわりではないかと、源吾は思った。そういえばツネの行動には、ふつうの人間の子とは思えないところがある。

水にもぐって魚をつかまえることは、学校にも行かずにそればかりやっていれば、できるにちがいない。ただ、源吾が大物を釣り上げようとして必死《ひっし》になっていたとき、それを見ていながら、なぜ手をかさなかったのか。あのとき源吾は、大声で総一や広志の名を呼んだのに、ツネは姿を見せなかった。

「こいつは、この淵の主だに。針を飲んどるで、どうせ死ぬずら」

そう言ったツネのことばが、源吾の耳に残《のこ》っている。

主といわれた大物のアメノウオは、もう家族のものたちの胃《い》の中におさまっている。けれども源吾は、弱りきった獲物が、水面から顔を見せたときの、あのうらめしそうな目の色を、ぬぐいさることができない。

―ツネのやつは、もしかしたら、二瀬淵で水にもぐっては、あの大物のアメノウオと遊んでいたのかもしれない―

源吾は、釣り人に似合《にあ》わない、ひどくしんみりした気持ちになってくるのだった。

ところで、思わぬ〝大漁《たいりょう》〟で気をよくした子どもたちは、二瀬がすっかり気に入ってしまった。

「総一兄ちゃん、こんど二瀬で野営《やえい》（キャンプ）をしよう」

広志が、どんぐりまなこをかがやかせて提案《ていあん》した。

「うん。でもテントはあるかなあ」

「テントなんかいらん。カヤがありゃあいいよ」

古くなったカヤが、おしいれのすみにあるのを、広志は見つけておいた。

そのころ、キャンプのことを〝野営〟といった。五、六年生や高等科の生徒《せいと》は、学校の行事で野営をすることがあったが、分教場ではなかった。

広志はついこのあいだ、夏休みに入る前、ベントウ山というところで野営をしたばかりだった。天気もよかったし、原っぱの上のせまいテントの中に、みんなでもぐりこんで寝るのは、なんとも痛快《つうかい》だったから、その味が忘れられない。

こんどは、兄弟や近所の仲《なか》のよい友だちだけで、自由気ままにやってみたいと思っていた。二瀬は魚も捕れるし、水あび（水泳）もできる。家からあまり遠くないので、野営にはちょうどよいところだ。

ただ、困《こま》ったことにテントがない。本校まで借《か》りにいくわけにはいかないので、古いカヤをテントの代わりに使うことが、広志の発案《はつあん》だ。

「雨が降《ふ》って来たらどうする？」

総一はしんちょうだ。

「カヤの上に、雨《あま》がっぱをかければいいら」

広志は、平気な顔で答えた。

そのころの雨がっぱは、たいてい、しぶ紙（じょうぶな和紙に柿《かき》のしぶをぬったもの）に油をしいて、水をはじくようにしたものでできていた。大きなふろしき一枚分《いちまいぶん》ほどの大きさで、これを肩にひっかけて雨をしのいだ。

総一を説得《せっとく》した広志は、近所の友だちを二人さそった。六年生の明浩《あきひろ》と、五年生の英男《ひでお》だ。二人は兄弟だが、明浩はやせていて、英男は太っている。二人とも川遊びが好きなので、野営にはすぐ賛成《さんせい》した。ところが、この計画をききつけた和彦と清は、自分たちもつれていってほしいといい出した。

「清は一年生だでむりだな」

広志は、気の合うものたちだけで、のびのびと野営を楽しみたかったので、足手まといになるものは、つれて行きたくなかった。

そのうちに、末《すえ》の子の宣也まで「ぼくも行く」といい出した。

「清と宣也は、お盆《ぼん》に飯田《いいだ》へつれていってやるで、野営はがまんしな。かわらんべがきて、水の中へひっぱりこまれるとたいへんだで」

きぬがなだめたり、おどかしたりして、宣也だけはあきらめたが、清はまだごうじょうを張っている。

「また清のごうじょうがはじまった。広志、しょうがないで、清もつれてってやりな。そのかわり、泣《な》いて帰ってきたりしたら、しょうちしないに！」

ついに、富美の登場だ。〝あねさま〟のきつい一言《ひとこと》に、反対できるものはいない。こういうとき、源吾は父親としての采配《さいはい》がふれない。采配をふるどころか、できれば自分もいっしょに野営をしたいとさえ思っている。ただ、二瀬ぶちの一件があるので、ちょっとちゅうちょしているだけだ。

広志は、おしいれのすみから、古いカヤを引っぱり出した。色あせているが、やぶれてはいない。富美に見つかるとうるさいので、そっと運び出して、外の物置《ものおき》に入れておいた。

いよいよその日がやってきた。野営をはるのは、二瀬の中州だ。

「魚捕りは、準備《じゅんび》がすんでからだぞ！」

六年生の総一は、ここでは総指揮官《そうしきかん》だ。荷物をほっぽり出して、すぐに川遊びを始めようとする和彦と清をたしなめ、仕事の分担《ぶんたん》を指示《しじ》した。

「明《あき》ちゃと英《ひで》ちゃは、かまど作りをやって。和彦と清は、たきものあつめだ。おれと広志はねどこを作るでな」

四本の立ち木になわをかけて、それにカヤのつり手をつなぐと、こども六人が、じゅうぶん休めるだけのねぐらができた。広志がカヤの下にゴザをしいて、あおむけに寝ころんでみた。

「こりゃあいい。ヤブカは入って来ないし、すずしいし、星を見ながら眠《ねむ》れるぞ」

「どれどれ、おれにもちょっと寝かせてみて」

みんなは、てんでにカヤのテントにもぐりこんでは歓声を上げた。

砂地《すなじ》をほって、三方を石でかこむと、かまどもかんたんにできた。

「はんごう二つと、なべが一つ。米も研《と》いだし、野菜《やさい》も切った。味噌もここにあるで、これで昼めしの用意はできた。あとは、おかずにする魚を捕ってくりゃあいいんだ。そろそろ始めるか」

総一が、おとなびた口調で言うと、みんなは、手に手に、水かがみとモリだのひっかけだのの道具を持って、われ先にと川へ飛びこんでいった。

「かわらんべのツネさは、きょうはやってこないのかな?」

広志がまわりを見まわしたが、それらしい人かげはない。

「昼飯《ひるめし》のころになると来るかも知れん。この前もそうだったで」

総一が広志と並《なら》んで、水かがみをのぞきこみながら答えた。

ツネに教えられてやった川ぼしのあとは、すっかりもとどおりになっていた。五日ほど前にすごい夕立があって、川の水がいっぺんにふえたので、一方の川瀬を堰《せ》きとめた石はすっかり流されて、二瀬はもとの姿にもどっていたのだ。

その日も、アユやウグイやカジカやヤマメがたくさんとれた。明浩と英男は、いつもなら、えもののカンは総一たちとは別《べつ》なのだが、今日だけはいっしょだ。

清が、とれた魚でいっぱいになったカンを水の中から持ち上げると、まだ生きている魚がバシャバシャとはねて、手がぶるぶるふるえるほどだった。

そのえものを、総一がじょうずにりょうりした。源吾のいつもやっているのを見て覚《おぼ》えたのだろう。もともと巧者《こうしゃ》な総一の手さばきを見て、みんなは感心した。

「味噌汁もできたにー」

太っている英男は、人いちばい腹がへるらしい。みそしるのふたをとって、目を細めてそのいいにおいをかいでから、

「ああ、おら、もう腹がへって動けん」

といって、砂の上にへたばってしまった。

昼食になっても、かわらんべのツネは姿を見せなかった。

総一たち六人は、二瀬ぶちでさんざん泳いでから、夕飯を作って食べた。

「ばかに雲ゆきがわるくなってきたな。雨が降るかも知れん。おい、みんな、雨がっぱを出

しな。カヤの上にかぶせるで」

総一がいうと、みんなは、リュックの中から雨がっぱを引っぱり出した。それを全部ひろげて、カヤの上にかけると、まん中にくぼみができてしまった。

「これじゃあ、雨がたまってしまう」

総一は、ナタをふるって、近くの立ち木を一本切って柱にし、それをカヤのまん中につき立てた。

「これで屋根ができたぞ。そろそろカンテラに火をつけるか」

総一がカンテラを持ち出して、広志がマッチで火をつけると、近くの木の枝につるした。カーバイトのガスから出る炎《ほのお》は明るく、一晩《ひとばん》じゅう燃《も》えているはずだ。源吾が、土木の仕事に出ている春一《はるいち》という気のいいおやじさんからゆずってもらったカンテラだ。

「さあみんな、かやの中に入っていいぞ」

総一が指図《さしず》すると、みんなはてんでに、うすっぺらい毛布《もうふ》を広げて、ゴザの上に寝ころがった。

和彦と清は、まん中の柱のそばに寝かせてくれた。はじめのうちは、みんながガサガサしていたが、静かになると、川の音がばかに大きく聞こえてきた。両方の川瀬の音が、カヤを通していっしょに聞こえてくるからだ。

和彦や清にとっては、初めての外泊《がいはく》だ。

「今ごろ、母ちゃんと父ちゃんたちは、何してるかなあ。四人だけでごはん食べて、母ちゃんはきっとぬいものしてるだろうなあ」

和彦は、そう思っているうちに眠っていた。清は、「泣いて帰ってきたりしたら、しょうちしないに！」と、富美からきつくいわれたことを思い出したが、そのうちに眠った。

「やっ、雨が降ってきた！」

広志がはね起きると、みんなも眠そうな目をこすって、もくもくと起きあがった。

「あんじゃあない。雨がっぱをかけてあるで」

総一が、おちついた声でいったが、雨足は思ったより激《はげ》しかった。早くも、雨のしずくが、カヤを通してポタポタ落ち始めた。

「みんな、毛布をかぶって、まん中へ寄ってこい」

総一の指示で、はしの方で寝ていた明浩や英男は、和彦や清の方へ寄り添《よそ》ってきた。

遠くから、雷鳴《らいめい》も聞こえてくる。

「夕立か。そんならちょっとのしんぼうだ」

総一が自分に言い聞かせるようにいう。

「でも、川の水が増《ふ》えて来たらどうする?」

明浩が不安《ふあん》そうにたずねた。気のせいか、川の音がだんだん大きく聞こえてくる。水が増え始めたのだろうか。

その時だった。

「あっ、だれか、人が呼んでるような声が聞こえる」

広志が、きき耳を立てながら言った。

雨と川の音にまじって、遠くから、人の呼ぶような声が聞こえてくるのだ。

「父ちゃんが、むかえにきてくれたんかなあ」

清が顔を上げた。

「でも、方向がちがうぞ。むこうの〝ホッキ〟の方から聞こえてくる」

英男が、西の方を指さした。学校のある方から二瀬にくる道は東がわだ。西の方は急な山になっていて、その中腹《ちゅうふく》を、サカダニ村からアサゲ村にむかう一本道が通っている。いくつもの谷をわたるけわしい道で、下を流れるヤマネ川をのぞくだけでも、背すじが寒くなるほどだ。

その道を村の人たちは〝ホッキ〟と呼んでいる。

「だれか、ホッキの道から落ちて、上がれんくなっとるのかなあ」

明浩がつぶやいた。

その道は、和彦も春の遠足で通ったことがあるが、ところどころに、「馬頭観世音《ばとうかんぜおん》」と刻《きざ》み込《こ》んだ古い小さな石碑《せきひ》が建《た》っている。そこは、馬がガケから落ちて死んだので、飼《か》い主《ぬし》が馬の霊《れい》をまつってあるのだと言う。

雨はますますはげしくなってきた。

「総一兄ちゃん、ぼく、背中冷《つめ》たくなってきた」

清が泣き出しそうな顔で言った。かやの中にとり入れたカンテラの光が、その顔をたよりなく照《て》らしている。

カヤはもうぐっしょりぬれて、雨がっぱのすきまから、ようしゃなく雨が漏《も》ってくる。雷鳴も近くなり、いなづまが一瞬《いっしゅん》あたりを明るくする。

「やっぱり、川の水がふえているようだ。丸木橋が流されりゃあせんかなあ」

広志はいちばん気をもんでいるようだ。この野営を発案したのは広志だから、責任《せきにん》が重い。

総一が、カンテラをさげて立ち上がった。

「よし、おれが見てくる」

総一は、ふりしきる雨の中にとびだしていった。そしてすぐにひきかえしてきた。

「やっぱり水がふえておる。丸木橋が流されそうだ。みんな、むこう岸にわたるぞ。荷物はおいて、ゴザをかぶっていくでな。ゴザは三枚あるで、二人で一枚ずつだ。ぞうりはちゃんとはいていけよ」

川遊びに行くときは、だれもわらぞうりをはいていく。石あかですべらないからだ。

「総一兄ちゃん、ぼくのぞうりがない」

和彦が泣きそうな声でいった。

「なに、ぞうりがないって？　ほら、このカンテラでよくさがしてみよ。早くするんだ」

総一がおこった顔で、カンテラを和彦にわたした。

「あった。リュックの下になっとったんだ」

和彦は、いそいでぞうりをはこうとしたが、木の根につまずいたひょうしに、「あっ！」といって、カンテラを持ったまま、ころんでしまった。とたんに、ふっとカンテラの灯《ひ》が消えた。

あたりは、鼻をつままれてもわからないほど、まっ暗やみになってしまった。

「だめだなあ和彦は……。おい、広志、マッチは？　おまえが持っとったはずだぞ」

総一にいわれて、広志はあわてた。

「あっ、しまった。マッチはみんな、雨でしめっちゃった」

広志の声がふるえた。

「どこにおいといたんだ?」

「シャツのポケットに、入れといたんだけど……」

「一つしかないマッチをしけらしちゃって、どうしたらいいんだ」

総一は、絶望的《ぜつぼうてき》な声を上げた。だれのからだも、雨でぐっしょりぬれていた。リュックの中だってしめっている。テントがないのだから、当然《とうぜん》のことだ。その中でマッチだけぬらさないでおくこと自体、むずかしいことだ。

「しかたない。みんな手さぐりで行くぞ。はぐれるなよ」

二人ずつ組になって、しめったゴザを頭からかぶって、六人は歩き出したが、暗くてまったく見当がつかない。

「おーい……おーい……」

うしろの山の方から、苦しそうな人の呼ぶ声が聞こえる。川瀬の音と、雨の音にさえぎられて、それはとぎれとぎれではあるが、たしかに人の呼ぶ声だ。

「おーい……おーい……だれかー、たすけて……くれ……」

まっ暗やみの、雨のふりしきる中で、うしろから聞こえるその声に、六人はもうおびえきっていた。

「丸木橋はどこだ？」

「たしかこのへんだったが……」

「まっ暗で分からん」

「流されちゃったのかなあ……」

六人は、どうにか川っぷちまでたどりついたが、丸木橋は見つからない。

「橋なんかなくても渡《わた》れるぞ」

そういったのは英男だ。

「でも、和彦や清はむりだ」

総一がいったとき、二人はいっしょに泣き出した。

「あんじゃあない。清《きよ》ちゃはおれがおぶってやる。和《かず》ちゃは、みんなで手をひいてやれば渡れる」

やせているが、背の高い明浩が、弟の英男に勇気《ゆうき》づけられたように言った。

「でも、この暗さじゃむりだ。丸木橋はおれがさがす。みんなはここを動くなよ」

総一はかぶっていたゴザからぬけ出すと、川岸をはうようにして、川下の方へ歩きだした。

その時だった。

「あっ、むこうに灯《あか》りが見える！」

広志がさけんだ。

東がわの、山の洞《ほら》の方から、かすかな灯りが、ゆらゆらゆれながら、だんだん近づいてくるように見える。

「なんだ、あれは？」

「カンテラの灯りだ」

「助けに来てくれるんだ」

「でも、方向がちがう。あんな山の洞の方から来るのはだれずら……」

六人は息をのみ、棒立《ぼうだ》ちになって、その一つの灯りを見つめた。

「おーい……おーい……」

西側のホッキの方からは、また、人の呼ぶ声が聞こえる。

「やっぱり、みんなずぶぬれか。テントのない野営なんてむりだな」

カンテラの灯りのうしろから、声がした。

「お、おまえさんはだれだな？」

総一が、こわごわたずねた。

「おれ、かわらんべのツネ。忘れた？」

カンテラのぬしは、あのかわらんべのツネだったのだ。

「なあんだ、ツネさだったのか。むかえに来てくれたの？」

六人は、ようやくほっとした。

「おれ、こんなかっこうしとるけど、かわらんべのツネにまちがいないで、安心しな」

ツネは、カンテラで自分の姿をてらして見せた。大きなかさをかぶり、みのを着ている。

「かわらんべが、こんなかっこうしちゃあ、おかしいんだけど、お父《とう》が着て行けっちゅうもんで……とにかく、こんなところでびしょぬれになっとっちゃあしょうないで、おれのうちへおいな（来なさい）。火をたいて、かわかしてやるで」

ツネはそういって、自分の頭からかさをとって、清にかぶせてやり、みのをぬいで、和彦の肩にかけてやった。自分はなんと、ふんどしひとつだ。

「丸木橋は流されなかったんだなあ」

ツネのカンテラで、すぐにみつかった丸木橋をわたりながら、総一が言う。

「この橋は、よっぽど大水が出んと、流されんに。お父とおらとでかけた橋だで」

と、ツネはじまんそうに言う。

ツネの家は、二瀬に流れこむ、ムジナ沢《さわ》の出口のところにあるほったて小屋だ。父親の運次《うんじ》は山師《やまし》だが、大酒飲みで、そのためおかみさんに逃げられたのだと言う。

六人は、そのツネの家に案内《あんない》された。ぶしょうひげをはやした運次が、いろりで火を焚《た》いている。

「みんな、こっちに上がって、ぬれたものをかわかしな」

ぶっきらぼうだが、人はよさそうだ。

土間のつづきが仕事場となっていて、はばの広いのこぎりや、山から材木《ざいもく》をひっぱりだす〝とび〟という、長い柄《え》のついた道具や、〝きんま（木馬）〟といって、材木を運び出す木ぞりなどが、板かべにたてかけてある。

運次は、冬になると炭焼《すみや》きもやるし、屋根板づくりも、木《こ》びき（太い木をたてにのこぎりでひいて、板をとる仕事）もやる。仕事場の中はおがこ（のこぎりをひくときに出る木の粉《こな》）がいちめんに広がっている。

運次は、さっきまで酒を飲んでいたようだ。あぐらをかいたひざもとに、酒のびんと、茶碗《ちゃわん》が置《お》いてあった。

いろりの周《まわ》りに敷《し》いてあるむしろはぼろぼろで、火の粉《こ》で焦《こ》げているところもあった。天《てん》井《じょう》はつつぬけで、障子《しょうじ》も襖《ふすま》もない、物置小屋のような家だ。連《つ》れられてきた六人は、みんなおそるおそる、あたりを見回しながら、いろりの周りに座《すわ》った。

電灯《でんとう》はなく、ランプがつるしてある。うすぼんやりとしたランプの灯りだったが、雨の中でカンテラが消えたときの心細さにくらべると、この方がずっとましだった。

「おめえさんたちのことは、ずっとツネに見張《みは》らせておったんな」

運次はそう言って、にやりと笑《わら》った。

「まあ、おめえさんたちも腹へっつらに、イモでも食べな。ソバだんごも焼けとるに」

運次は、いろりの火でこんがり焼けている、串《くし》ざしのジャガイモをとって、六人の子どもたちに手渡《てわた》した。

ツネは火ばしを使って、いろりの灰《はい》の中にうめてあるソバだんごを取り出して、手でバンバンとたたいて灰を落としている。これもこんがり焼けている。

六人は、ほかほかのジャガイモやソバだんごをほおばると、やっと気持ちが落ち着いた。

「どうだ、うめえかな?」

「うん、うめえ」

六人がいっしょにうなずくと、運次がまたにやりとして言った。

「じつはな、おめえさんたちのことは、昼間、ツネが学校の男先生からたのまれとっただ。子どもたちが二瀬で野営をするで、雨でも降った時にゃあ、めんどう見てくれって……テントのかわりにカヤをつったんだってなあ」

「なあんだ、それで父ちゃん、むかえに来てくれなんだんだ」

清が、やっとにっこりして口をはさんだ。すると、こんどはツネが言った。

「それでおれ、そのことをお父に話したら、おめえは遠くで見張っていろって言われたんな。灯りがついとるうちは、あんじゃあないと思っとったが、そのうちに消えちまったもんで、むかえに行ったんな」

それを聞くと、六人はしーんとなってしまった。運次とツネの親切が身にしみたからだ。

「そんなにおらたちのこと、気をつかってくれて、すみません」

総一が、かしこまって、お礼をいうと、ほかの五人もそれにならって、ぺこんと頭を下げた。

「まああそんな、頭なんか下げんだっていいだ。それより、雨が降り出したときは心細かっつらに……」

運次は、てれくさそうにいって、まだ少し残っていた酒を、ちゃわんについだ。

「おじさん、あのー、さっきホッキの方から、人の呼ぶ声が聞こえた。おーい、おーいって……」

英男が口をきると、広志も和彦も「うん、聞こえた、聞こえた」と、顔を見あわせた。

「ほう、そいつはきっと、ムジナのいたずらだ」

運次は、笑いながら答えた。

「ムジナ？」

六人はみな、目を丸くした。

「このあたりにはムジナがおるでなあ。ムジナは、人間の声をまねて、人をおどかしといて、食い物を取っていくことがある。そのムジナはきっと、野営のご馳走《ちそう》の残りがほしかったんずら」

「でも、〝だれかー、たすけてー〟っていっとったんだに。ムジナがそんなことまでいうのかなあ」

明浩が首をかしげた。

たんけん隊《たい》

朝、雨はすっかり止んでいた。いろりの火が一晩《ひとばん》じゅう燃《も》えていたので、着ているものはかわいていた。運次《うんじ》はいなくて、ツネが土間のかまどの前にしゃがみこんでいる。

「ツネさ、ゆうべはありがとな。お父《とう》ちゃは？」

総一《そういち》がたずねた。

「お父はもう山へ行った。朝の涼《すず》しいうちにきんま曳《ひ》くんだって」ツネはそう答えてから、かまどにかけた釜《かま》のふたをとった。

「朝めしできたで、みんなで食《く》うか。味噌《みそ》しるもにえとるに」

ツネは、戸だなから、茶わんや皿やおわんをありったけ出して、麦のたくさん入ったごはんと、味噌しるを盛《も》りつけた。

「いただきます」

といって、みんな食べだしたが、和彦《かずひこ》だけは、はしが動かない。

総一が、「あいつ、わがままいってるんじゃあるまいな」という目で和彦をにらんだ。すると和彦は、

「ゆうべ、呼《よ》ばっとったのは、ほんとにムジナかなあ。総一兄ちゃん、ムジナってどんな動物?」

と、きいた。

「ムジナって、タヌキのようなやつだよな」

総一も、まだムジナを見たことがない。

「ムジナはわるさをするけど、人間の声をまねるなんてうそだ。お父はいいかげんなことを言っただ」

ツネが、口をもくもくさせながら言った。

「そんなら、やっぱり、人の声だったんだ。その人、いまごろどうやっとるんずら……」

和彦は、しんぱいで朝飯《あさめし》ものどを通らないようだ。

「そんなことより和彦、早くご飯を食べな」

広志《ひろし》がいうと、和彦はようやくはしを動かした。

「よーし、そんならみんなでたんけんしてみるか。だれか、たすけてーっていっとったとす

りゃあ、ホッキの道から落ちて、けがでもしとるかもしれん。早く見つけて、助けてやらにゃいかん」

ツネは、さっさと朝めしを食べ終わると、運次の仕事場から、太くて長いロープを持ち出してきた。材木《ざいもく》をきんまやトラックに積《つ》むとき使うロープだ。山師《やまし》だからいく本もある。

〝たんけん〟といっても、そんなけが人を見つけて、ロープで引き上げるような仕事は、なんだか恐《おそ》ろしくてみなは気が進まないようだ。

「とにかく、みんな、ゆうべの野営《やえい》のあとへ行ってみにゃあいかんで」

総一は、二瀬《ふたせ》の中州《なかす》に残《のこ》してきたものが心配だった。

「よし、じゃあ、みんなでそこへ引きかえして、あそこを本部として、たんけん隊《たい》を出発させりゃあいい」

たんけん隊というより、そうさく隊に近いのだが、ツネははりきって、ロープのたばを肩《かた》にかけて、家を出た。ここではどうやらツネが指揮官《しきかん》だ。

丸木橋は流されていなかったが、カヤも毛布《もうふ》も、リュックもみんなぐっしょりぬれていた。

「いいか、みんな、たんけんに行くものは、あっちの川を渡《わた》って、ホッキへ上がる。ほかのものは本部に残って、毛布やカヤをかわかしながら待っている。たんけん隊長《たいちょう》はツネさだ」

総一が、二瀬の西がわの川を指さして言った。

「おれ、行ってみる」

明浩《あきひろ》が名のりを上げると、英男《ひでお》と広志がそれにつづいた。

「あっちの川にゃ橋がないで、このロープで渡るだ」

ツネがそういうのを聞くと、和彦と清《きよし》は本部に残ることにした。

「よーし、そんなら、たんけん隊は四人だ。おれたち三人は本部を守る。もし、けが人が見つかったら、たんけん隊のしゅうは、大声で本部に知らせてくんな。そうすりゃあ、おらたちが、村のしゅうに知らせるで」

「うん、分かった。そいじゃあ、ただいまから、たんけん隊はホッキにむかって出発します！」

「おう！」

四人は、自分で自分をはげますように、かけ声とともに出発した。

川を渡るところまでは、本部の三人が見とどけることにした。

川はばは、十メートルほどだったが、ゆうべの雨で増水《ぞうすい》していて、深いところは、腰《こし》のへんまであった。

ツネは、長いロープを、肩からわきの下にかけて、斜《なな》めにぐるぐる巻《ま》きつけると、ザブザブ水の中に入って行った。

さすが、〝かわらんべのツネ〟と名乗るだけあって、水さばきにはなれている。すいすいと川を渡って向こう岸に着くと、ロープのはしを立ち木にしばりつけた。そして、もう一方のロープのはしを、ビューンと、こっちの岸へ投げてきた。

総一が、それをうまく受けとった。そして、ロープが水におし流されないように、みんなで引っぱって大きな石にしばりつけた。

「よーし、これならあんじゃあない。ロープにつかまって一人ずつ渡れ」

明浩、英男、広志の三人は、そのロープにつかまって、難《なん》なく向こう岸に渡った。

それを見とどけると、総一はすばやくロープをほどいた。ツネはむこう岸からロープをたぐり寄《よ》せると、よいしょと肩にかけ、ホッキの坂をのぼりはじめた。

「たしか、このへんから上街道《うわかいどう》に登る細い道があったはずだ」

ツネがそれらしい道をさぐりあてたので、ほかの三人もあとにつづいた。それは、人の通る道というより、けもの道に近かった。

「とにかく、まわりに気をくばりながら上へ上へと登っていけば街道に出るで、そこからま

た谷をしらべてみりゃあ、見つかるかもしらん」

ツネの目は、あやしく光っていた。

ホッキの街道を、村の人たちは〝上街道〟と呼んでいた。昔は、もっと道が細かったから、よく馬や人が足をふみはずして落ちたそうだが、今でも、暗い雨の夜など事故《じこ》の起こることがある。

ゆうべの人の呼ぶ声は、たしかにみなが聞いている。その声のぬしをさがそうとするのだから、恐《おそ》ろしさで、胸《むね》がどきどき鳴る。

ツネもその声を聞いたにちがいないが、少しも恐ろしそうな様子がない。平気な顔で、どんどん登っていく。そのあとについて、やっとの思いで登っていく広志は、なんだかツネがふつうの人間の子どもではないような気がした。

「おっ、こんなところにノイチゴがあるぞ。こりゃあうまそうだ」

ノイチゴのやぶを見つけたツネは、けわしいがけの途中《とちゅう》にいることも忘《わす》れて、赤くうれたノイチゴの実をつまんでは、口に運んでいる。

もしかしたら、死んでいるかも知れない男を捜《さが》しに来た者が、こんな危険《きけん》な場所で、ノイチゴの実を摘《つ》んで食べるなんて、ツネはやっぱりふつうの子どもと違《ちが》うなと、広志は思った。

「おーい、見つかったかー」

下の川原《かわら》から、かん高い声が聞こえる。二瀬の中州で本部の三人が呼んでいるのだ。

ツネはノイチゴのやぶからはなれると、肩のロープを下ろしてその端《はし》を腰に巻いて、近くの高い松《まつ》の木にするすると登っていった。カッパからサルへの変身《へんしん》だ。

「やっ、見える見える。三人が、声をそろえて呼んどるぞ」

そういったかと思うと、枝《えだ》をまたいで、両足を幹《みき》にまきつけると、両手を口に当てて、

「まんだ、見つからんぞー」

と、大声で返事をした。

すぐに降《お》りてくるかと思ったら、ツネはそのまま、松の木の枝にいすわって、指図《さしず》をはじめた。

「もうちっと、広がって捜さにゃ見つからんぞ。明浩さは、もっと左の方の谷を捜してくんな。英男さと広志さは、右の方の谷を見ていってくんな。何か見つかるかも知れんでー」

今までツネのあとばかりついてきた広志は、ようやく本気になって捜し始めた。

その斜面《しゃめん》は、おもに雑木《ぞうき》が生《お》い茂《しげ》っているが、ところどころ、岩はだを見せていたり、土砂《どしゃ》がくずれて、赤い山はだがむき出しになっていたりする。そういう斜面を、村の人たちは〝ナ

ギ〟と呼んでいる。ナギを登ることは危険だが、ナラやクヌギの立ち木につかまって、一歩一歩急な斜面を登っていくことは、五年生の広志にとって、それほど苦痛《くつう》ではなかった。広志はだんだん冒険心《ぼうけんしん》がかりたてられてくるのだった。

いつのまにか、英男とは離《はな》れて、広志は一人で、右へ右へと斜めに登って行った。すると、雑木の林が急にひらけて、大きなナギに出た。

「ああ、こりゃあだめだ。こんなところは登れない」

そうつぶやいた広志の目に、何か黒いものが映《うつ》った。

「おや？　なんだあれは……」

ナギの中ほどにつき出ている岩の上に、何か黒っぽいふろしきづつみのようなものが引っかかっている。

広志は、何とかしてそこまで行って確《たし》かめようとしたが、つかまる立ち木のないガケを横切ることはとても無理《むり》だと思った。

「おーい、ツネさー、こっちのガケのところにへんな物があるぞー」

広志は、大声で叫《さけ》んだ。

もう、松の木から降りていたツネは、その声を聞きつけて、ガサガサ上がってきた。

広志が指さすのを見ると、ツネの目の色が変《か》わった。

「うーん、あれはどうやらふろしきづつみのようだが、あの色はどこかで見たことがあるぞ。……そうだ。あれは薬売りがしょって歩いとるやつだ。そうすると、このナギに薬売りのおいさまが落ちたんだ！」

ツネは、鋭《するど》く目を光らせながら言った。

ふろしきは紺色《こんいろ》だった。そういえば、広志もときどき、あのふろしきづつみを背負《せお》って歩いている薬売りを見たことがある。いつだったか、薬売りが住宅《じゅうたく》へも寄ったことがあるが、目がギョロッとしていて、あまりいい人相《にんそう》ではなかった。

口のわるい子どもたちは、「越中《えっちゅう》 富山《とやま》の万金《まんきん》たん、はなくそまるめたアンポンタン」などと、かげで薬売りの悪口を言う。

ゆうべ、雨の中を「おーい、おーい」と呼んでいたのは薬売りだったのかと思うと、広志はぞっとした。しかも、その薬売りは、まだ、このナギの下にいるのかも知れないのだ。どんなかっこうをしているのか、もしかしたら死んでいるかも知れない。

広志はまだ、事故で死んだ人の姿《すがた》を見たことがない。ナギの長さは二十メートルはあるだろう。そのちょうどまん中へんに、荷物がひっかかっていて、それから下の方はどうなっているのか、広志たちのいるところからはよく見えない。

「このナギの頭が上街道で、薬売りのおいさまは、そこから落ちたんだ。途中《とちゅう》、しょって おった荷物があの岩にひっかかって、おいさまだけこの下へ落ちていった。そうして、下の木にでもひっかかったんずら。呼ばる声も聞こえんが、まんだこの下におるんずらか」

さすがのツネにも、そこまでは分からないらしい。

「とにかく、明浩さたちをこっちへ呼ばめえか」

広志は「うん」とうなずいたが、すぐには声が出なかった。大声をあげれば、いまにも血みどろになった薬売りが、ナギの下からはい上がってくるような気がした。

「明浩さー、英男さー、こっちだ——。こっちへ来ーい!」

ツネは、やっぱりたんけん隊長だけのことはある。そばにいる広志もびっくりするほどの大声で二人を呼んだ。

やがてあらわれた二人をたしかめると、ツネはロープのたばをほどきにかかった。

「ツネさ、ロープをどうするの?」

広志が青い顔でたずねた。

ツネは、ロープのはしを、ナギのきわにたっている、太いクヌギの木にしばりつけた。そして、ロープのたばを、ナギの下へ投げこんだ。ロープのたばは、ナギをすべりながら一本にのびて、その先は、たちまち見えなくなった。

「このロープを伝《つた》わって、おれがこれから、薬売りのおいさまがおるかどうか、この下へ降りていって見てくる」

ツネは、ナギの下をのぞきこみながら、そう言った。

「ツネさ一人で、あんじゃあないかな?」

明浩が心配そうに聞くと、ツネは自信《じしん》ありげに、ニヤッとした。

「もし、そのおいさまが、し、死んどったら?」

広志が思いきって訊いた。

「死んどったら、お念仏《ねんぶつ》あげて、引き返すだけさ」

「まんだ生きとったら?」

「生きとったら、おれがそのおいさまのからだを、ロープでしばってやるで、三人で引っぱり上げてくりょ。きっとけがをしとるに違いないで」

「えっ、三人で?」

広志は、不安《ふあん》そうに、明浩と英男の顔を見つめた。

「その時はその時だ。そいじゃあ、降りていってくるでな」

ツネはロープをつかむと、まるで忍者《にんじゃ》のような身軽さで、するするとナギを降りていった。

三人は、息をのんでツネを見送ったが、ツネのからだは、たちまちナギの下に消えてしまった。

しばらくすると、ぴーんとはりつめていたロープがゆるんだ。どうやら、ツネがナギの下に着いたらしい。

そのうちに、下からツネの声がした。

「おーい、聞こえるかー」

「おーう、聞こえるぞー」

三人は、いっせいに返事をした。

「おったぞ、おったー。やっぱり薬売りのおいさまだ。木にひっかかっとったー」

さすがのツネも、こうふんして、声がうわずっていた。

「おいさまは、生きとるのかー?」

明浩が訊《き》いた。

「生きとるー。まんだ死んどらんぞー。死んどらんけど、のどがかれて声が出せんし、足が

片方《かたほう》おしょれとるようだー」

これをきくと、三人はぎょっとした。つづいてツネの叫ぶ声が聞こえた。

「これから、このおいさまをロープでゆわえて、上へひき上げるでなあー。三人じゃ無理だで、おれもなんとかしてそっちへ上がって行く。そのあいだに、だれか木に登って本部のしゅうに知らせてくんなー。おとなのしゅうに、上街道へ助けに来てくれってー」

「よーし、分かったー。おれが木に登って、本部に知らせるでなー」

明浩が、興奮《こうふん》しながら答えて、さっきツネがやったように、松の木によじ登った。川原の方を見ると、総一と和彦と清の三人が石にこしかけて、こっちを見上げている。

「おーい、本部のしゅう、聞こえるかー」

三人は立ち上がって、手をふった。

「聞こえるぞー。なにか見つかったかー」

かん高い声が返って来た。

「見つかったぞー。薬売りのおいさまだー。ガケから落ちてけがをしとるでなあ、おとなのしゅうに、早く知らせるだー。上街道まで助けに来てくりょってー。分かったかー」

明浩は、せいいっぱいの声で叫んだ。

「分かったー。すぐに伝令《でんれい》を出すからなー」

総一の声が返ってきた。

明浩はほっとして、松の木から降りていった。

本部は急に色めき立った。

「いいか、和彦と清はいますぐに伝令隊《でんれいたい》となって、住宅まで飛んでいくんだ！」

総一が、きびしい声で言った。

「でんれいいいいいたいってなに？」

和彦が訊き返した。

「だいじなことを知らせにいく人たちのことを、伝令隊って言うんだ。いいか、和彦も清もよく聞くんだぞ」

総一は、二人の肩に手をおいて、ゆっくりと、かんでふくめるように話した。

「ゆうべ、二瀬のホッキで、ガケから落ちて、けがをしとるおいさまがおるで、おとなのしゅうを集めて、すぐに上街道まで助けにきてくれって。……父ちゃんに言うんだぞ。分かったな？」

二人は、こくりとうなずいた。

「よし、そんなら復唱《ふくしょう》してみな」

「ふ、ふ、ふくしょうって？」

こんどは清が訊きかえした。

「いま、おれが言ったことを、忘れんように、くりかえして言ってみるんだ。さあ、やってみな」

「うん、わかった。じゃあやってみる」

二人は、目をぱちぱちさせながら、復唱をはじめた。

「えーと……ゆうべ、二瀬のホッキで、えーと……ガケから落ちて、けがをしとるおいさまがおるで、えーと……おとなのしゅうに、うわかいどうまで、たすけにきてくれって……」

「よーし、だいたいそれでいい。早く助けに行かんと、死んじゃうかも知らんって言っときな。それでは伝令隊はすぐに出動しろ！」

総一が命令《めいれい》を下《くだ》すと、二人はしんけんな顔になって駈《か》けだした。丸木橋をうまく渡って、イタチのように駈けていく。

一方、たんけん隊から救助隊《きゅうじょたい》に早替《はやが》わりした四人は、汗《あせ》だくになって、けがをした薬売りの男の引き上げ作業を進めている。

下からのツネの指図で、広志と英男は、クヌギの木にしばりつけてあったロープのはしをいったんほどいてから、こんどは、その木の根もとにまわして、滑車《かっしゃ》がわりにして、下に引っぱることにした。

英男は、ロープのはしを、その太った腰にしばりつけた。体重で勝負しようというのだろう。広志も英男に重なるようにしながら、ロープをにぎって引っぱった。そこへ明浩も加《くわ》わった。

「おい、だまって引っぱっとっても力が入らんぞ。かけ声をあげて引っぱらにゃあ」

明浩が「せいのー、よいしょ！」と音頭《おんど》をとったが、勢《いきお》いがない。三人とも、じつはこわいのだ。ロープにゆわえられて上がってくる薬売りの男が、どんな姿になって引きあげられてくるのか、それを見るのが恐ろしいのだ。

それでも、三人の体重の方が、薬売りの男より重いのだろう、ズルズルッ、ズルズルッと、ロープは少しずつ、引いている方へ動き始めた。その分だけ、薬売りは、ガケを引き上げられているはずだ。

セミの鳴き声に混《ま》じって、カラスの鳴き声が聞こえた。のぶとい声だった。薬売りは、もう死にかかっているのだろう。それでカラスがさわぎ始めたのだ。

広志はそう思った。そして、あの目のギョロッとした薬売りが、岩に当たってひたいが割れ、そこから血を流してまっ青な顔で、ロープにつかまって上がってくる姿を想像《そうぞう》した。

「よーし、うまくいっとるな。おいさまは、だいぶ弱っておるで、だいじに引き上げてやってくんな」

おとなのようにそういって、ツネもいっしょにロープをにぎった。

「やっ、おいさまの頭が見えてきたぞ」

ツネが、ロープを引きながら、ガケの下をのぞきこんだ。だが、ほかの三人は、のぞきこむ勇気がない。ただ、ツネが加わったので、その分だけ気強くはなっている。

「やたらに引っぱったってだめだ。相手を見ながら引っぱらにゃあ」

ツネにいわれて、三人はようやくガケの下をのぞいた。

薬売りの男の顔には、血の気がなかった。ひたいは割《わ》れてはいなかったが、髪《かみ》は乱《みだ》れ、半分だけあけた目が、うらめしそうに上にむけられている。着物姿で、カルサン（モンペに似《に》たもの）をはいているが、一晩じゅう雨にうたれたために、べっとりと体にまつわりついている。

両手でロープをにぎっているところを見ると、意識《いしき》はじゅうぶんあるようだが、足は片方しか動かせない。その足も、ガケの岩はだをとらえて、けり上げるだけの力がないようだ。

それでも、岩はだに対して腹《はら》ばいの状態《じょうたい》になっているのと、くずれて〝ナギ〟となっている地肌《じはだ》がやわらかいのとで、薬売りの男は、ズルズルッ、ズルズルッと、少しずつ上がってくる。クヌギの木の根もとは、ロープのまさつで、皮がむけて、かえってすべりがよくなったせいか、薬売りは、もう手をのばせば届《とど》きそうなところまで上がってきた。ヒュー、ヒューと、風の音のような、薬売りの息づかいが聞こえる。

一方、息せき切って、住宅へ駆《か》けつけた伝令隊の和彦と清は、走りながら何度も復唱してきたことを源吾《げんご》に伝えた。

「なに、二瀬のホッキでけが人を見つけたって？　それで、兄ちゃんたちはどこにおるんだ？」

トマト畑の手入れをしていた源吾は、ただごとではないという顔できさかえした。

「ツネさたちといっしょに、けがをした人を助けに行っとる」

「それで、上街道へ来てくれっちゅうんだな。あのホッキからは、ときどき人や馬が落ちるっちゅうでなあ」

「早く行かんと、死んじゃうかも知らんって……」

清が、総一のいったとおりに伝えた。

「総一がそういったんだな。まちがいないだろうな」

源吾は、何度も念《ねん》をおしてから、

「こりゃあ、えらいことになったぞ」

と、ひとりごとをいいながら、おもての道へ飛《と》び出した。

あたりを見まわしたが、人影《ひとかげ》は見あたらない。おとなたちはみな、田の草取りや山仕事に出ている。

近くに消防《しょうぼう》のポンプ小屋があって、そばに一本の柱が立っていて、上に板木《はんぎ》がつるしてある。火の見やぐらの代わりにたてたものだ。

半鐘《はんしょう》のかわりに、厚《あつ》い板をつるして、それを木づちで打つと、コーン、コーンと、かわいた音がする。火事が起きたときは、その板木をたたいてみなに知らせることになっている。柱には、足をかけて登れるように、左右に太い釘《くぎ》が打ちこんである。

源吾は、いきなりその柱に登って、板木を打ち鳴らした。

コーン、コーン、コン、コン、コン、コン、コン！

源吾は、早鐘《はやがね》のつもりで打っているのだろう。板木はトチノキで作ってあるのか、意外とよくひびいた。

「火事はどこだな?」

平二《へいじ》さん夫婦《ふうふ》が、近くの桑畑《くわばたけ》から顔を出した。

「火事じゃない。けが人だ。けがにん！」

源吾は、夢中《むちゅう》で板木をたたいている。

田の草を取っていた亀十《かめじゅう》さんは、どろ足のまま、駈けてきた。

「どこにも煙《けむり》らしいものは見えんが、先生さま、火事はどこでありますな？」

「あっちだ。あっちのホッキだ！」

源吾は、木づちを持った手でホッキの方を指している。

そのうちに、消防のはっぴを肩にひっかけた若《わか》いしゅうが駈けつけてきた。その中に、ヤマネ地区消防分団長《しょうぼうぶんだんちょう》の熊次《くまじ》さんもいる。区長の金三《きんぞう》さんもいる。

「先生さま、火事じゃありませんのなら、板木を打つのは止めておくれんかなむ」

金三さんにいわれて、源吾はようやく打つ手を止めた。

「火事じゃないんだが、みんなに手を貸《か》してもらわんならん大ごとが起きましたんな」

源吾は、そういいながら、柱から降りてきた。

「そいじゃあ、ここに集まったしゅうだけで救助隊を組んで、ホッキに向かうっちゅうもんだなむ」

分団長の熊次さんは、きんちょうした顔でそういった。

「戸板とロープがいるぞ。ナタやノコギリは、めいめいで用意していくだ」

区長の金三さんは、けが人や病人を運んだ経験《けいけん》があるようだ。

村では、けが人や重病人が出ると、雨戸を一枚はずして、それを担架《たんか》がわりにして病院まで運ぶ。長い道のりになると、戸板の下に棒《ぼう》くいを入れて、それにひもをかけて肩にかけ、十人ぐらいで交代しながら運ぶ。

「平二さは、あらかじめ、古泉堂《こせんどう》の千楽《ちらく》先生に知らせといてくんな。大きなけがじゃあ無理かもしらんが、応急《おうきゅう》手当《てあて》ならやってもらえるら」

金三さんにいわれると、平二さんは走っていった。

古泉堂の千楽先生は、本業は医者だが、その名のように道楽が多い。書もやれば絵も描《えが》く。家の中は骨董屋《こっとうや》のように、がらくたでうずまっていて、診察室《しんさつしつ》まで、足のふみ場もないほどだ。

道楽が多いので、本業の医者の方はおろそかになる。もっとも、重病人が出れば、町の病院へ運ばせるので、千楽先生は軽い病人だけを相手にしていればよい。

古泉堂には、ヤマネ地区でたった一台の電話があって、急用のときはそれを借《か》りに行くので、かげではやぶ医者呼ばわりをしていても、みんなは千楽先生には頭が上がらない。そのせいか、千楽先生はあごひげを長くのばして、見た目にはりっぱな医者だ。ふとっていてよく笑《わら》う春さんという看護婦《かんごふ》が一人いる。

ポンプ小屋の前に集まったおとなたちは、源吾も加えて九人だ。消防のはっぴ姿のものもいれば、野良着《のらぎ》のままのものもいる。

一行は、戸板をかついだ熊次さんを先頭に、ホッキの上街道に向かった。和彦と清がついて行こうとするのを源吾がとめた。

「おまえたちの行くところじゃない。二瀬にはまだ野営の荷物がおいてあるんだろう。おひるを食べたら取りに行ってきな」

そこへ、住宅からきぬと富美《ふみ》が急いでやってきた。

「ホッキへけが人を助けに行くんなら、お昼も近いし〝炊《た》き出《だ》し〟が必要《ひつよう》ずら」

きぬがせわしそうにいうと、富美がそれを受けて、

「明浩さんたちの家へも知らせて、炊き出しを作らんならんで、和彦も清も手伝《てつだ》いな」

と、いつもの調子だ。

一方、ツネたち救助隊の四人は、薬売りの男を、ようやくガケの途中まで引き上げることはできたが、そのあと、どうやって上街道まで運び上げるか、さすがのツネも困《こま》ったようすだ。

クヌギの木の根元によこたわっている薬売りは、しきりに水をほしがった。声は出ないが、口の動きでそれと知ったツネは、近くの湧《わ》き水を、フキの葉っぱをまるめたうつわに汲《く》んできて飲ませた。

水を飲むと男は、死んだようにぐったりとなってしまった。折れたままの足をなげだして、ひたいにあぶら汗をかいて、まっ青な顔で口を半分あけたまま、息だけはしている。

「このおいさま、このまんま動かさん方がいいのかなあ」

明浩が、困ったような顔でつぶやいた。

「これいじょう動かすのは無理だ。おとなのしゅうがきてくれるまで待つっちゅうもんさ」

「でも、そのあいだに……」

英男が何かいいかけたが、口をつぐんだ。

「そうだ、薬をのんでもらったらどうずら」

広志がいった。すると、ツネの顔が急に明るくなった。

「そうよ、このおいさまは薬売りじゃねえか。あの薬箱の中にいいくすりがあるはずだ。なんでもっと早くそれに気がつかなんだんずら。広志さは、先生の子だけあって頭がいいんだな。あの薬箱の中には、マンキンタンとかいって、死にそうな人が生きかえるような、いい薬があるに違いないで……」

「でもツネさ、薬はここにはないんだに」

「そんなことはわかっとる。このおいさまのしょっとった薬箱は、あのガケのまん中の岩にひっかかっとるで、おれがこれから取りに行ってくる」

と、立ち上がった。

「ツネさ、そりゃあむりだ。いっくらツネさだって、こんなに急なガケを横切って、あの岩まで行くことはできん」

明浩にいわれると、ツネはかえってむきになった。

「なあに、あんじゃあない。ロープでからだをしばって渡れば、ずり落ちたって死にゃあせん」

「だめだって……ツネさ、けが人は一人でたくさんだ」

「ツネさ、やっぱりよした方がいい。とても無理だ」

英男も広志もそう言って、やめさせようとするのだが、ツネはどうしても言うことを聞かずに、ロープのはしで腰のあたりをしばり始めた。

すると、それまで死んだようになっていた薬売りの男の手が、かすかに横に振《ふ》られた。ひろしがまずそれに気づいた。

「あっ、薬売りのおいさまも、だめだっていっとる」

「えっ、おいさまが？」

みんなはいっせいに薬売りを見た。薬売りは、わずかに目をひらいて、また「だめだめ」というふうに、手をかすかに振っている。

「でも、このおいさまがだめだっちゅうのはおかしいなあ」

ツネは、薬売りの顔をのぞきこんだ。

「ひょっとしたら……」

英男がいいかけて、また口ごもった。

「ひょっとしたら、どうしたんだ？」

ツネがききかえした。

「ひょっとしたら、そんねに効《き》く薬なんてないのかも知れん」

「えっ、そんなばかな……」

ツネは、信じられないという顔で薬売りを見た。すると、薬売りはかすかにこくりとうなずいた。

「そうすると、なんでもよく効くマンキンタンっちゅう薬は、どうなっとるんずら」

「古泉堂の千楽先生と、おんなじようなもんずら」

明浩がそういったとき、上街道の方で声がした。

「おーい、けが人はどこだー?」

源吾の声だ。

「おっ、やっとおとなのしゅうがきてくれたぞ!」

「ここだ、ここだー。そのナギの下だーー!」

四人は立ち上がって、ナギの方に体をのり出して、手をふりながら叫んだ。

どうやら救助隊のおとなたちは、四人の位置《いち》をとらえたようだ。

「あんなところにいる」

「やっぱりこのナギに落ちたんだ」

声が近くになってきた。

おとなたちの救助隊は、ナタやノコギリをふるって、やぶを切り開きながら、ロープも使って急な斜面を下りてきた。

山になれていない源吾は、いちばんおくれてたどりついたが、声だけは大きい。

「おう、おまえたち、けが人はだいじょうぶか?」

そういいながら、何かおそろしいものでも見るように、薬売りをのぞきこんだ。

「青い顔をしとるが、まだ息はあるんずらなあ」

「うん、まんだ息はしとる」

かわらんべのツネと目が合ったので、源吾はちょっとてれくさそうな顔をした。ツネには世話になっているので、礼をいわなくてはならないのだが、今はそんなゆとりはない。

「このけが人を、どうやって上街道まで運びあげたらいいんずら」

源吾が、とほうにくれたようにいう。

「わしが負《お》ぶうで、みなのしゅうはロープで引っぱってくんな」

そういったのは、救助隊の中でいちばん体格《たいかく》のいい分団長の熊次さんだ。

みんなは、さっそくけが人を抱《だ》き起《お》こすと、熊次さんの背中《せなか》にうつむけにさせ、ロープを使って、落ちないように熊次さんの肩と腰にゆわえつけた。

折れた足が、ロープでしめつけられるかっこうになったので、薬売りは痛《いた》そうに顔をゆがめた。

「上街道に出るまでのしんぼうだでなあ、気を強く持たにゃあだちかん(だめだ)ぞ」

区長の金三さんが、けが人をはげました。

「みんな、気をつけて上っておくんな。子どもたちは、けがをせんように、おとなのしゅうのあとから上っていきな」

源吾が、しきりに采配《さいはい》をふるっている。

やがて、薬売りはどうにか上街道まで運びあげられ、戸板にのせられた。

山から切りとった材木《ざいもく》でやぐらを組んで、その上に戸板をのせ、ロープやふじづるで固定《こてい》して、坂道でもけが人が戸板からころげ落ちないように、まるで板つきかまぼこのようにして、山を下りていくのだ。

「まず、古泉堂まで運んで、応急手あてをしてもらうだ」

金三さんがそう言って、みんなが戸板を持ち上げた時だ。

「ツネさがおらんぞ」

英男が、あたりを見まわしながら言った。

「先に帰ったんじゃないのか？　さっき、ロープをかついで、ガサガサ上っていったで……」

明浩がそういったので、一行は歩き出そうとした。

その時、ナギの下から声がした。

「おーい、このロープを引っぱってくれー」

みんなは、急いでナギの下をのぞきこんだ。するとそこには、ロープにつかまったもう一人の薬売りがいるではないか。紺色のふろしきづつみを背負って、鳥打ち帽子《ぼうし》までかぶった薬売りが……。

なんと、それはツネだった。おとなたちが、けが人の薬売りを運び上げているすきに、ツネは一足先に上街道に出て、近くに生えているブナの木にロープをしばりつけ、ナギの途中の岩まで下りていった。

そして、やっと薬箱を拾い上げ、それを背負って、ついでに近くに落ちていた鳥打ち帽子までかぶって、「ロープをひっぱってくれー」と叫んでいるのだ。これにはみんな驚《おどろ》いた。

「よーし、引き上げてやるでなあ、ロープで腰をしっかりしばっておけよー」

亀十さんがいうと、ツネは、

「もうしばってあるで、うまく引き上げてくんなー」

と、返事をした。

けが人の薬売りと違って、身軽なツネは、らくらく上街道まで引き上げられてきた。

「この薬箱や帽子は、まんだちょっとしめっておるけどなあ」

そう言いながらも、ツネはうきうきしていた。そのツネの耳もとで、英男がささやいた。

「ツネさ、その中の薬は、あんまり効き目のないやつばかりだに」

すると、ツネは、

「うん、それは分かっとるが、あんなところへ捨《す》てておくよりは、拾ってきた方がいいでな」

と言ってにやにやした。

戸板にのせられた薬売りは、ひとまず古泉堂に運びこまれた。

あごひげを長くのばした千楽先生は、けが人をのぞきこみながらいった。

「こりゃあゆうべ一晩雨に打たれて、かなり衰弱《すいじゃく》しておるようだ。右の足首も骨折《こっせつ》しておる」

千楽先生は、看護婦の春さんに手伝わせて、薬売りを診察室のベッドにあお向けにのせ、注《ちゅう》射《しゃ》をしたり、顔や手足のすり傷《きず》に薬をぬったりした。そして、くず湯のような栄養剤《えいようざい》を口からそそぎこむと、薬売りはようやく目を開き、かすれた声で「すみません」と、はじめてことばをしゃべった。

外から診察室をのぞきこんでいたツネたち四人は、ほっとしたように顔を見合わせた。そして、明浩が広志の耳もとでささやいた。

「やぶ医者っていわれとっても、やっぱり医者は医者だけのことはあるな」

「うん。でもよかったな、薬売りのおいさまが助かって……」

広志の顔も明るかった。

千楽先生は、しばらく、薬売りの右の足首にさわっていたが、やがて、ぶつぶつひとりごとのようにつぶやいた。

「こりゃあ、外側《そとがわ》にある細い方の骨《ほね》だで、ちょっと引っぱるだけでつながるら。春さんや、この人の両脇《りょうわき》をかかえこんでおってくれ」

「はい、わかりました」

看護婦の春さんは、白衣《はくい》のそでをまくりあげて、薬売りの背中に回り、まるで羽がいじめにするように、その太い両腕《りょううで》を脇の下にさしこんだ。

「ちょっと痛いが、がまんしてくんな」

千楽先生は、そういうなり、薬売りの右足首をぐーんと引っぱった。

「うーん！」

薬売りは、体をのけぞらせてうなり声を上げた。その拍子《ひょうし》に、ベッドから落ちそうになるのを、春さんが足をふんばってこらえた。見ているまわりの人たちも、思わず顔をしかめて、薬売りといっしょに、うなり声を上げるのだった。

「このまま、足を動かさんようにしておれば、骨は自然《しぜん》につながるでなあ。春さんや、ぬるま湯で体をふいてやってから、浴衣《ゆかた》にでも着替《きが》えさせてやってくんな。いま、添え木《そぎ》をあてて、足を巻《ま》いてやるでなあ」

千楽先生は、何事もなかったようにそう言った。

「おい、ぼうたち、ちょっとこっちへおいな（来なさい）」

区長の金三さんが、四人を庭のすみの木かげへ連れていった。

「ぼうたち、きょうはよくやってくれたなあ。ぼうたちがおらなんだら、あのけが人は生きとらなんだかも知れん。ふんとによく助けてやってくれた」

そういって、金三さんは、ふところの奥《おく》の腹巻《はらま》きの中から、ひもでくるくる巻いた財布《さいふ》を取り出して、その中から十銭銀貨《じっせんぎんか》を二枚《にまい》出した。

「これはそのごほうびだ。ラムネでも買ってみんなで飲みな」

「うわー！」

四人は歓声《かんせい》を上げた。

明浩がお金を受け取ると、四人は金三さんにペコンと頭を下げて、古泉堂をとび出していった。

近くの丸屋《まるや》という店でラムネを十本買うと、四人は二瀬へ向かって走り出した。

途中、炊き出しのおにぎりを手提《てさ》げかごに入れて急いで行く和彦と清に合流して、六人は、中州の本部で待つ総一のもとへ駆けつけることができた。

「たんけん隊は、無事《ぶじ》、けが人の救助を終えて、ただいま帰りました！」

明浩が、おどけた調子で、右手をあげて敬礼《けいれい》をしながら総一に報告《ほうこく》した。

「わが隊はラムネ十本と、炊き出しのおにぎりを、たくさんちょうだいしてまいりました」

たんけん隊の一行《いっこう》は、さっそくおにぎりをパクパクと食べ、冷《つめ》たい清水《しみず》でラムネを冷《ひ》やしてから、ゴクゴクとのどを鳴らして飲むのだった。

キツネ火

夏休みも終わって、ススキの穂《ほ》が風になびくころになった。

ある夜のことだった。

「おいみんな、外へ出てきてみな。キツネ火が見えるに」

源吾《げんご》が呼んだので、もう眠《ねむ》ってしまっていた宣也《のぶや》と清《きよし》のほか、子どもたちはみな外へ飛《と》び出した。

「ほうれ、むこうの山の方を見てごらん。ちらちら火が見えるだろう。あれがキツネ火だ」

源吾が指さす方を見ると、いくつもの赤い火が、消えたりついたりして、ちらちら動いている。

「えーっ、あれがキツネ火？」

子どもたちは、初《はじ》めて見るキツネ火に、目を丸くした。

「一、二、三、四、五、六…みんなでいくつぐらいあるのかな？」

広志《ひろし》が、どんぐりまなこでキツネ火を数えはじめたが、火が動いたり消えたりするので、うまく数えられない。

「父ちゃん、キツネ火って、キツネが火をたいておるの？」

和彦《かずひこ》がきくと、みんなが笑《わら》った。

「キツネが火をたくわけがないら」

総一《そういち》がいうと、和彦はむきになってきいてきた。

「そんなら、どうやってキツネが火を出すの？」

「どうやってって……キツネのからだから、明るい光が出るんじゃないのか?」

総一のこたえは、あいまいだ。

源吾は学校の先生だから、なんとか子どもたちにわかるように話さなくてはならない。

「なんでも、村のしゅうのいうのには、キツネが、からだの毛を木にこすりつけると、あのような光が出るんだそうだが……」

「そうすると、あのあかりの数だけキツネがあそこにおるっちゅうわけ?」

広志の目が、また大きくなった。

「まあ、そういうことになるな」

「そんなら、猟師《りょうし》が行って、キツネをつかまえればいいのにな。キツネの毛皮がたくさん捕《と》れて、もうかるのに」

広志はこのごろ、自分の小づかいをためはじめているせいか、お金に関心《かんしん》が高い。

「猟師だって、夜ではどうしようもならんのずら」

源吾に代わって総一がこたえた。

「あれ? だんだん、キツネ火がへっていく」

「あんまりからだをこすりつけると、毛が抜《ぬ》けてしまうからかな」

「抜けるより、燃《も》えてやけどしてしまうからじゃないのかな」

子どもたちは、てんでにかってな想像《そうぞう》をしている。

「でも、なんだか気味わるいなあ。いつまでも見ておらんように、早くうちの中に入らにゃあ」

富美は、キツネ火より、明日の朝のことを考えているのだ。

みんなは、なんだか見てはいけないものを見てしまったように、背《せ》を丸くして家に入った。

キツネ火を見たのは、源吾たち一家だけではなかった。ヤマネ分校でも、三郎《さぶろう》や千吉《せんきち》たちが話していた。

「キツネ火なんて、おら、なんども見たことある」

じまんしているのは千吉だ。

「いつも、むかいの山に見えるけど、あんまりいつまでも見ておると、キツネにとりつかれるってよ」

三郎は、和彦に教えるようにそういった。

「キツネにとりつかれるって、どうなるの？」

和彦にきかれるのを待っていたように、三郎は得意《とくい》になって話し出した。

「南沢《みなみさわ》の平六《へいろく》さがとりつかれた時は、目がさかつって、キツネ目になって、こたつのまわりをぐるぐる回っておったって。それに、あぶらげばっかりほしがって食べたってな」

「今でもそうやっとるの？」

「ヤマイヌさまにおがんでもらって、やっとキツネを追い出したんだって。火あぶりにされて、やけどするほどだったたっちゅうでなあ」

和彦は、話をきいただけでおそろしくなってきたが、夏休み中に味わった、たんけん隊《たい》のおもしろさが頭をもたげてきた。

「あのキツネ火、どうやってキツネが出しているのか、見てみたいなあ」

「でも、和彦じゃあ無理《むり》ずら、山になれとらんで」

そういったのは秋男《あきお》だ。秋男はいつも人をばかにしたようないい方をする。

「おい、おもしろいじゃねえか。和彦さたちは、二瀬《ふたせ》でたんけん隊をつくって、けが人を助けたようだけど、おれたちのは〝キツネ火たんけん隊〟だ」

「うん、それはいい。やってみるか」

千吉と三郎は、すぐに気が合ってしまう。

「こんどはいつごろ見られるのかな？」

和彦が身をのりだした。

「そんなの、キツネにきいてみにゃ分からんわ」

秋男が腰《こし》を折《お》る。

「でも、うちのじいちゃんはたいてい、キツネ火の見える日をあてるんだ」

そういったのは、三年生の文治《ぶんじ》だ。

文治の家は、むかいの山のいちばん近くにある。文治のおじいさんは猟師で、冬になるとイノシシ猟に出かける。

「どうして分かるのかなあ」

「うん、なんでも、どこかで馬が死んだ日の夜になると、キツネ火が見えるんだって」

同じ三年生でも、文治は和彦より体格《たいかく》がよく、いつも赤いほおをしている。山の生きものや、きのこや、木《こ》の実《み》のことならなんでも知っている。

「馬とキツネ火と、どんな関係《かんけい》があるのかなあ」

和彦はいくら考えても分からない。ほかのものたちも首をひねっている。もの知りで通っている四年生の健三《けんぞう》が腕《うで》を組みながらいった。

「うーん、つまりその……天気のいい日に雨が降《ふ》ると〝キツネの嫁入《よめい》り〟っていうら。あれと同じで、どこかの家で馬が死ぬと、キツネたちが火をたいて、おとむらいをやっておるんじゃないかなあ」

さすがの健三も、ことばにつまった。

その日の放課後《ほうかご》、学校に残《のこ》っていたものたちだけで〝キツネ火たんけん隊〟が結成《けっせい》された。千吉、三郎、健三、文治、和彦の五人で、千吉が隊長《たいちょう》ということになった。

「五人の中で、たんけん隊の経験《けいけん》のあるものは和彦さだけだな」

千吉にそういわれて、和彦はうれしそうにうなずいた。

「キツネ火をいつまでも見ておると、キツネにとりつかれるっちゅって、家のしゅうが心配するで、たんけん隊のことはないしょにしておいた方がいい」

三郎がいうと、みなはちょっと困《こま》ったような顔をした。夜、外に出ていく口実がすぐに思いあたらなかったからだ。

「星見に行ってくるっていえば?」

「でも、曇《くも》っておったらどうする?」

「そうだ、青年団の安彦《やすひこ》さの家で幻灯《げんとう》（スライド）を見せてくれるで行ってくるっちゅって出て行けばいい」

そういったのは健三だ。

「うん、それがいいわ。やっぱり健三さは頭がいいなあ」

文治が感心した。安彦さんの家はお金持ちで、ラジオも蓄音機《ちくおんき》もある。幻灯機もあって、マンガや物語を映《うつ》してくれるので、子どもたちの人気が高い。

千吉は、隊長らしく、四人を見まわしながらいった。

「文治はなあ、おじいまのいうことをよく注意しておって、今夜あたりキツネ火が見えるかもしらんっていったら、すぐ、おらたちに知らせてくれ。そしたらおらたちは、夕飯《ゆうはん》食べたら、すぐにむかいの山へ出かけるだ。みんな、カンテラかちょうちんを持っていけよ」

四人はうなずいた。和彦も何とかしてカンテラを持っていきたいが、二瀬の野営《やえい》に使ったカンテラは、源吾が大切にしているから、幻灯会に行くぐらいでは貸《か》してくれないだろうと思った。

家に帰ってから和彦は、カンテラを自分で作ろうと考えた。カンづめのあきカンを横にして、中にローソクを立てるというものだ。あきカンを長さ二十センチほどの台木に、釘《くぎ》で固定《こてい》して、その端《はし》を手で持てるようにする。

カンにあなをあけて釘をうちつけるところがむずかしいので、総一に手伝《てつだ》ってもらった。巧《こう》者《しゃ》な総一は、ローソクを立てる釘までうまくつき出ている、風がわりなカンテラにしてくれた。

「強い風が吹《ふ》くと、ローソクの火が消えちゃうで、マッチはちゃんと用意していけよ。ローソクも、長すぎるとだめだでな」

二瀬の〝でんれい隊〟で活躍《かつやく》したので、総一は和彦に一目《いちもく》おくようになった。

「これなら、お祭りに行く時でも使えるなあ」

和彦は得意《とくい》だった。そういえば、ヤマネ神社の秋祭りが近づいて、おとなたちは、芝居《しばい》の練習に熱中《ねっちゅう》していた。

ヤマネ神社の秋祭りは十月二十日だ。この日は学校も休みになる。午後は神社の境内《けいだい》で地芝《じしば》居《い》が演《えん》じられるし、夜店も出るというので、おとなも子どもも、その日を楽しみにしている。

ヤマネ地区の人たちは、昔から芝居が好きで、神社の境内には、ちゃんとした芝居の舞台《ぶたい》が建《た》てられていて、秋の祭りには、土地の人たちによって芝居が演じられる。

観客《かんきゃく》は、野天にむしろをしいて、お酒をのんだり、「六弁《ろくべん》」という芝居をみるときのご馳走《ちそう》をつめた、六段《ろくだん》になった重箱をつつきながら楽しむのだった。

分校の子どもたちのあいだでは、もう、秋祭りの地芝居が話題になっていた。

「こんどのおまつり芝居のげだいはなあ、『しんれいやぐちのわたし、とんべえすみかの段《だん》』

だってよ」

休み時間に、秋男がなまいきな顔でいった。

和彦はおどろいた。はじめは何のことか、さっぱり分からなかったが、どうやら、芝居のだしもののなまえだということが分かった。

それでも、きょとんとしていると、健三が、

「和彦さは、芝居を見ておらんで、知らんずら、こういうげだいな」

といって、黒板に「神霊矢口渡、頓兵衛住家段」と漢字で書いた。

和彦は、ますますおどろいた。

「男先生も芝居に出るんだってな」

また、秋男がにやにやしていった。

和彦は、自分の耳をうたがった。

「うん、下男《げなん》の六蔵《ろくぞう》の役をやるようになったんだって」

そういったのは、いつもおとなしくしている、四年生の安明《やすあき》だ。

「安明のおじいまが頓兵衛をやるんずら。あのおじいまは芝居がうまいで、いつも主役を受けるだ」

健三はもう、芝居の評論家《ひょうろんか》だ。

「そ、それで、どうしてうちの父ちゃんが芝居に出んならんの？」

和彦は、やっとの思いできいてみた。すかさず安明がこたえた。

「それはなあ、六蔵の役をやることになっておった彦六《ひころく》さが、山でけがをして、こんどの芝居に出られなくなったもんで、その代わりに出るようになったんだって」

「そうな。男先生は、歌もうたえるし、おどりもうまいし、なんでもできるって、ひょうばんだに」

おせっかい屋の節代《せつよ》が口を出すと、そばにいた女の子たちが寄《よ》ってきた。

「そうそう。男先生は、盆《ぼん》おどりがうまいし、婦人会《ふじんかい》でおどりを教えてくれたんだって。お母ちゃたちがいっとった」

「女しゅうに、うんともてるんだってな」

「六蔵の役は、彦六さよりうまいんだって」

女の子たちがしゃべり出すと、手がつけられない。和彦は、耳たぶまで赤くなった。

源吾が地芝居の代役で出ることは、どうやらほんとうらしかった。そういえばこのごろ、毎《まい》晩《ばん》のように夕飯をすませると、ちょうちんをつけて出かけていく。

「神霊矢口の渡し」という芝居はどんな芝居で、下男の六蔵とはどんな役まわりか、和彦には分からない。でも、友だちの話から想像すると、もちろんわき役で、下男というからにはそんなにいい役ではないらしい。

学校の先生が、なんで村芝居の代役などに引っぱり出されるのだろう。また、どうしてそんな役を引き受けるのだろうと、和彦は不服だった。ただ、キツネ火をたんけんに行くには、源吾が家にいないほうが好都合《こうつごう》だと思った。

和彦は、特製《とくせい》のカンテラも用意したし、カンテラに使う短いローソクも集めて、いつでもたんけんに行けるように準備《じゅんび》しているのだが、キツネ火の情報《じょうほう》はいっこうにとどかない。

十月に入ると、村では稲刈《いねか》りがはじまった。「稲刈り休み」というのがあって、学校は五日ほど休みになる。みんな働《はたら》いているのに、先生の子が遊んでいるわけにはいかないので、源吾は、こどもたちをあちこちの農家へ、稲刈りの手伝いにやらせた。

和彦は、三郎の家の稲刈りを手伝うことになった。

「先生さまのとこのだいじなぼうだで、けがさせちゃあいかんで、稲はこびをやってくんな」

三郎の父親は、気をつかって和彦には鎌《かま》を持たせなかった。でも、和彦は、三郎がおとなたちにまじって、ザクッ、ザクッといい音をたてて稲を刈っているのを見ると、自分もやってみたかった。

そこで、昼休みに和彦は三郎に稲の刈り方を教わった。見ているとかんたんなようだが、稲のひとかぶを一度にザクッと刈り取るのはむずかしい。

汗《あせ》を流して刈っているところへ、文治が息を切らせてとんできた。

文治は、田んぼにしゃがみこんで、三郎と和彦にだけ聞こえる声でささやいた。

「こんや、むかいの山でキツネ火が見えるか知らんって、おじいまがいっとった」

「ほんとか。そんなら、いよいよたんけん隊だな。隊長の千吉や健三にも知らせんならんな」

三郎も声をひそめていう。

「もう、知らせてきた。こんや六時半ごろ、地蔵堂《じぞうどう》に集まるんだって」

「おまえもくるのか、地蔵堂へ……」

「いんね。おら、うちの前に出て待っとる」

「よし、わかった。そんなら約束《やくそく》したでな」

三郎が返事をすると、文治は、汗をかいたままの顔で帰って行った。

和彦は、この日のやってくるのを待ちわびていたのに、いよいよ今夜だとなると、何だかおそろしくなってきた。

キツネなどという動物は、古泉堂《こせんどう》の待合室《まちあいしつ》にあるはくせいでしか見たことはない。

—あんなするどい目をしたキツネが、何びきもかたまっているところへ、あのカンテラのあかりをむけたら、キツネたちがとびかかってくるのではないだろうか。それとも、平六さのように、キツネに取りつかれて、頭がおかしくなってしまったらどうしよう—

和彦はすっかりおじけづいてしまった。

「よーし、いよいよ今夜は、キツネ火のしょうたいを見とどけてやるんだ」

三郎は、だいたんにそういって立ち上がった。

その日も夕飯がすむと、源吾は出かけていった。秋祭りの芝居の練習に行くということは、もう家族に知れていた。源吾が出かけたのを見とどけると、和彦はようやくきぬに話した。

「母ちゃん、こんや、安彦さの家で幻灯会があるで、見に行ってきていいら。三郎くんや千吉くんたちもいっしょだで」

「おまえ、きょうは稲刈りの手伝いで、くたびれとるんじゃないの？　おそくならんように、早く帰っておいなんよ」

きぬは、むずかしい顔をしなかったが、和彦はまともにその顔が見られなかった。

外に出ると、やっと心がきまった。カンテラに火をつけたところへ、千吉と三郎がやってきた。二人とも、明るいカンテラを手にさげている。

「それ、おもしろいカンテラだな。自分で作ったの？」

千吉が和彦にきいた。

「うん。でもローソクの火だもんで、風が強くあたると消えちゃう」

「そうだな。でも、山へ行けば役にたつかもしれん。歩くときは、おれたちので間に合うでな」

三郎がそういってくれたので、和彦は自分のカンテラの火は消して、二人のあとをついていった。

地蔵堂につくと、健三はもう来ていた。手にはなんと、そのころはめずらしい懐中《かいちゅう》電灯《でんとう》を持っていた。

地蔵堂から一キロほど東へ行ったところに文治の家がある。〝ひがしばた〟と呼《よ》ばれるところで、家が三げんだけあって、そのうちの一けんが文治の家だ。

キツネ火の見えるむかいの山は、それからさらに一キロばかり東へ入った場所だ。その近くに文治の家の炭焼《すみや》き小屋がある。

文治は、やくそくどおり、家の前でちょうちんをつけて、たんけん隊の一行《いっこう》をむかえると、その炭焼き小屋に案内《あんない》した。今は炭を焼いていないので、小屋の中はがらんとしていた。

「これはちょうどいい所だな。ふとんもあるし、いろりもしきってある」

「この小屋をたんけん隊の本部にすりゃあいいわ」

「今夜、ここに泊《と》まっていくか」

カンテラの光にてらされたみんなの顔が、ようやくほころんだ。

その炭焼き小屋から、小さな谷を一つ越《こ》せばむかいの山の中腹《ちゅうふく》だ。キツネ火の見えるのはそのあたりだ。

「おい、みんな、大きな声を出したり、あかりを外にもらしたりせんようにな。キツネに気づかれたらおしまいだで」

千吉が隊長らしく注意をした。

「でも、ふしぎだなあ、文治さのおじいまは、どうしてキツネ火の見える日がわかるのかなあ」

和彦がつぶやいた。

「そりゃあ、文治のおじいまは猟師だもんで、キツネのことにくわしいのよ」

健三がこたえた。

「だれか二人ばかり、見張《みは》りに出てもらうか」

千吉がいうと、三郎と文治が名乗り出た。

「むかいの山がよく見えるところに出ておって、キツネ火が見えたらみんなに知らせてくれ。カンテラはつけんようにな」

隊長に指図《さしず》されて、三郎と文治は見張りに出ていった。

小屋の中は千吉と健三と和彦の三人になった。健三は、さっきから懐中電灯をカチャカチャいじっている。

「おかしいなあ、さっきはあんなにな明るかったんだになあ」

「中の電池が減ったんじゃないのか?」

千吉がのぞきこむと、健三の懐中電灯は、ぼんやりとしか光っていない。

「おれのカンテラがあるで、懐中電灯は消しておきな」

千吉がそういって、土間のかべにかけたカンテラをみると、この方も火がとぼとぼしてきている。

「あれ? カーバイトが終わっちゃうのかな?」

千吉はカンテラをかべからはずして振《ふ》ってみたが、カーバイトのかたまりは、もうほとんど水にとけて、ガスの発生が弱くなっているのに気づいた。

「ちぇっ、こっちももう終わりか。こりゃあいよいよ和彦さのカンテラにたよらんならん」

さすがのたんけん隊長も、なさけない顔でそういった。

そのとき、小屋の外で声がした。

「おい、見えたぞ、見えたぞ。キツネ火が見えた！」

三郎が、こうふんして小屋にとびこんできた。

「ほんとだ。すぐ近くに！」

文治も、声をふるわせている。

「よし。そんならみんなで、近くまで行ってみるぞ」

千吉が、小屋の戸口に立った。

「いいか、みんな、足音を立てんように、そうっと近づくんだぞ。カンテラは、和彦さの作ったやつ一つだけを使うでな」

いよいよ和彦の特製カンテラの出番だ。ガス灯《とう》のカンテラは光が強すぎて相手にみつかってしまうが、和彦のつくったローソクの光のカンテラだと、足もとだけを照《て》らすことができるので、相手に気づかれにくい。

「先頭は三郎だ。和彦さのカンテラを貸《か》してやれ。あとのものは、前の人の腰《こし》にしがみつくようにして歩け」

隊長の千吉は、三郎のすぐうしろだ。つづいて文治、和彦、しんがりは健三だ。

「この谷をひとつ渡《わた》ったむこうのまがりかどのところに出ると見えるでな」

先頭の三郎が声をおさえていった。

一行は、まるで運動会のムカデ競争《きょうそう》のようにつらなって、そろそろと山道を渡っていく。

「足をふみはずさんようにな。音を立てるなよ」

千吉が気をくばる。

ちょうど風もなく、三郎はカンテラを後ろにもむけて、足もとをてらしてくれるので、暗い山道をなんとか歩くことができる。

「ローソクが終わったらとりかえて。何本も持ってきたで」

和彦は、自分の作ったカンテラが役立っているので、ほこらしげにいった。ポケットの中には、短いローソクが十本ほどと、マッチも十分入っている。

やがて、たんけん隊が谷を渡りきったときだった。

「やっ、キツネ火が見えたぞ!」

千吉が、声をころして叫《さけ》んだ。

「ああっ、ほんとだ。あんな近くに！」

健三も目をまるくした。雑木林《ぞうきばやし》の間をとおして、赤い火のゆれ動くのが見える。

たんけん隊の足がとまった。

「でも、キツネのからだから出ている火のようには見えんなあ」

近くで見ると、それは想像していた火より明るすぎるように、和彦は思った。

「もうちっと、近づいてみるか」

千吉がいうと、健三が、

「でも、あんまり長く見ておると、キツネにとりつかれるっちゅうでなあ」

と、心細い声でこたえた。健三は、懐中電灯が役立たなくなったので、不安なのだ。

「あんじゃあない。もうちっと行ってみるぞ」

一行は、また歩きだした。

と、何やら奇妙《きみょう》な音が聞こえてきた。それは、ザクッ、ザクッというスコップで土を掘《ほ》る音だった。

「人がおるんじゃないのか？」

健三が最初《さいしょ》にかんづいた。

「あれはキツネ火じゃねえ。カンテラのあかりだ！」

「そんなら、人間が何かしとるのか？」

「カンテラをつけて、あなを掘っておるんだ」

「あなを？」

「何のあなずら」

「お墓《はか》かも知れん」

「えっ、お墓？」

たんけん隊の一行は、立ちどまったまま、足が動かなくなってしまった。

「ほんとうに人がおるかどうか、たしかめるまでは帰らんぞ」

だれも「帰る」とまではいっていないのに、千吉は自分にいいきかせるように力んでいる。

「もうちょっとだけ行ってみる。むこうに気づかれんように、足音を立てるなよ。カンテラは、ぜったいにあっちにむけるな」

こうなったら、隊長のいうとおりにしなくてはならない。和彦は足がふるえた。しかし、自分一人だけでは、とても逃《に》げて帰れないと思った。

「やっぱり人がいるんだ。話し声が聞こえる」

先頭の三郎も声がふるえている。

和彦は、こんなとき、かわらんべのツネがいてくれたらなあと、急にツネのことが頭に浮《う》かんだ。ツネだったらきっと、自分一人で近くまで行って、様子をさぐってきてくれるにちがいないと思った。

文治は、ひとこともしゃべらずに、だまりこくっている。キツネ火が見えるといって、みなをさそったのに、どうやらキツネ火ではなさそうだので、責任《せきにん》を感じているのだろうか。

「どんなこと話しておるのか、もうちっと行って、かくれて聞いてみるだ」

千吉は、もうどうなってもいいと、腹《はら》をきめたようだ。たんけん隊はみんな、足をがくがくさせながらも、そこから百メートルほど進んだ杉林《すぎばやし》の中に、ころげこむようにかくれた。

「おい、カンテラの火を消せ」

千吉にいわれて、三郎はフッとカンテラの火を吹《ふ》き消した。

あたりがまっ暗になると、むこうのカンテラの光がばかに明るく見える。その光の中に、てぬぐいでほおかむりをした数人の男たちの姿《すがた》がてらしだされた。まるで、カラスてんぐのようなけわしい顔をした男たちが、スコップでしきりに土をほっているのだ。

「おい、もっとこっちへ灯《あか》りをむけてくれ」

「なんだ、こっちは頭か」

「ばかにやせていやがる。こりゃあ骨《ほね》と皮だけじゃあねえか」

男たちの話し声がはっきり聞こえた。

「あれは、ヤマネのしゅうじゃねえな」

「うん。よその土地のしゅうだ。顔を知っておるしゅうは一人もおらん」

千吉と三郎が、小声で話している。

「でも、何を掘っておるんずら」

「ひょっとしたら、死びとかも知らん」

そういったのは三郎だ。〝死びと〟ときいて、みんなまっ青になった。

「あ、あんなところに、お、お墓なんかなかったに」

文治がやっと口をひらいた。

「でも、だれかが死んだ人をうめておいて、それを掘り出して、何かを盗《ぬす》まっとしとるんじゃないらか」

「ええっ？　そ、そんな……」

和彦は、もう目をあけていられなかった。となりの健三のからだのふるえが伝わってくる。

男たちの話し声がまた聞こえてきた。

「肉はまだくさっちゃあいねえ。こそげるだけこそげていけ」

掘ったあなの中に入って、山刀をふるっている男もいるようだ。

「やせておっても、足のつけねの肉は持ちきれんほどだ。こりゃあいい商売になるぞ」

「骨は持っていくな。見つかるとめんどうだでな」

男たちは何かの肉をあさっているのだ。しかも、いったん土の中にうめたものを掘り出して
……。

「わかったぞ。あいつらは〝墓あらし〟だ」

健三がふるえる声でいった。

「墓あらしって?」

「お墓を掘り返して、うめたものを盗んでいくどろぼうのことだ」

健三は祖父《そふ》からきいて知っていた。

「そんなら、おれたち、えらいところを見ちまったことになるな」

「そうだ。見つかったら、殺《ころ》されるかもしれん。あいつらは山刀を持っとる」

「おい、見つからんうちに逃げるぞ」

隊長の千吉は、とうとう決断《けつだん》した。

「いいか、ばらばらになるなよ。さっきの炭焼き小屋まで行くんだ。三郎、カンテラをつけて」

和彦が、手渡されたカンテラのローソクをとりかえて、マッチをすったが、手がふるえてなかなか火がつかない。

「おい、何しとるだ。早くせよ！」

千吉が小声で叱《しか》った。

杉の木の上で「ギャッ、ギャッ」と、夜鳥《やちょう》が鳴いた。

「おい、カンテラをもっとこっちへむけて。どこに道があるかわからん！」

健三がおこった声でいう。

「おい、そっちじゃねえ。こっちだ！」

先頭の三郎がとんでもない方へ行こうとするのを、千吉がやっとひきとめた。みんな逃げ腰になっているので、隊の統制《とうせい》がみだれている。

「こんどはおれが先頭になるで、みんな、おれについてくるんだ！」

千吉が、三郎の手からカンテラをうけとると、なるべく後ろを照らしながら、山道をはうようにして、ひきかえしていった。

ホーウ、ホーウと、後ろの林でフクロウが鳴いている。その声が人を呼んでいるように聞こえてくる。

和彦は、悪者に追いかけられる夢《ゆめ》を見たことがある。必死《ひっし》でにげるのだが、ちっとも足が前に進まない。今はあの夢と同じだ。

やっとの思いで小さな谷を渡り終えたときだった。ゆくてに、カンテラをさげた男が道をさえぎっている。

「あっ！」

みんなは、絶望的《ぜつぼうてき》な声をあげた。

カンテラをさげた男は、顔はよくわからないが、てぬぐいでほおかむりをしている。

「やっぱり見つかったんだ。先回りをして道をふさがれちまった」

千吉が、泣《な》き声《ごえ》でつぶやいた。

―つかまったら殺される。殺されて、あの土の中にうめられる―。和彦はそう思うと、急に母親のきぬの顔が浮かんだ。家を出るとき、「早く帰っておいなんよ」っていわれたのに、「幻灯会に行く」などとうそをいって出てきたのがいけなかったんだ。

和彦は、思いっきり大きな声で「母ちゃんたすけてー」とさけんで、逃げ出したい気持ちだった。

ところがそのとき、文治がびっくりするほど大声をあげたのだ。

「じいちゃん、じいちゃんじゃないか！」

文治は、さけびながら、ほおかぶりをした男にとびついていった。

「おう、文治、やっぱりここに来ておったのか」

カンテラをさげて立っていた男は、文治のじいちゃんだったのだ。

「なあんだ、文治のおじいまだったのか。おら、てっきり墓あらしの男だと思っちゃった！」

千吉はそういうと、からだの力が急にぬけて、へなへなとその場にすわりこんでしまった。

「文治の様子がおかしいもんで、わしはそっとあとをつけてきた。やっぱりキツネ火を見にきたんだな。おまえさんたちに見せたかあなかったが、それでもほんとのことを、自分の目でたしかめるっちゅうのは、だいじなことだでのう」

文治のじいちゃんは、そういってたんけん隊の一行を炭焼き小屋にむかえた。中はいろりの火があかあかと燃え、お湯がちんちんとわいていた。

「おまえさんたちの見たものは、ありゃあ馬の墓場《はかば》だ。病気やけがで馬が死ぬと、あそこに埋《う》めることになっておる。きのう、金作《きんさく》さの家の馬が死んだ」

文治のじいちゃんは、子どもたちにお茶をついでやりながら話した。

「ああ、それで馬が死ぬとキツネ火が見えるっていったんだ。でも、どうして死んだ馬なんか掘り出すのかなあ」

健三が首をかしげた。

「その馬の肉を切りとっていって食べたり売ったりするものがおるんだ」

「えっ、ほんと?」

和彦は、おどろいた。

「ほんとだとも。おまえさんたちは、さっきその様子を見たはずだが……へんなものを見せてしまったなあ」

文治のじいちゃんは、すまなそうに、いろりにまきをつぎたした。

「おら、死んだ人の肉を切りとっていくんだと思って、おっかなかった(こわかった)」

「おらも、生きて帰れんのじゃないかと思った」

子どもたちは、おそろしさに背をまるめて、いろりの火の方へにじり寄った。

「でも、どこのしゅうなのかなあ、あんなどろぼうをするやつは……」

三郎は、おとなのように、うでを組んで首をかしげた。

「となりのゴマメ地区のしゅうかもしれん。あそこにはなかなか勇《いさ》ましい（向こう見ずなしゅうがおるでのう」

文治のじいちゃんは、家から持ってきたふかしたてのサツマイモを、子どもたちにくばりながらこたえた。

村《むら》芝《しば》居《い》

キツネ火が、馬の死肉をあさる〝墓《はか》あらし〟たちのしわざだったことは、稲《いね》刈《か》り休みの終わったヤマネ分校の子どもたちの重大ニュースだった。しかし、地《じ》芝《しば》居《い》の代役にきまって、練習に熱《ねっ》の入っている源《げん》吾《ご》には、子どもたちがキツネ火たんけん隊《たい》までつくって、夜中に見にいってきたこと、その中に和《かず》彦《ひこ》まで加《くわ》わっていたことなどに、耳をかせるよゆうはなかった。

その地芝居が、いよいよ本番をむかえることになった。

秋晴れのいい天気で、ヤマネ神社からは、朝から太鼓《たいこ》の音がひびいていた。

午後になると、境内《けいだい》には一面にむしろがしきつめられ、「六弁《ろくべん》」にご馳走《ちそう》をつめて、お酒も用意した見物人が集まってきた。

神社の本殿《ほんでん》にむかって右がわが芝居の舞台《ぶたい》になっている。人々は、まず本殿にむかって手を合わせ「パン、パン」と二つ手を打っておがんでから、おさい銭《せん》も投げ入れて、それからゆっくり芝居を見物するのだ。

舞台のそでには、「神霊矢口渡《しんれいやぐちのわたし》」と大きく染《そ》めぬいたのぼりがたてられている。

舞台には幕《まく》がおりて、下手《しもて》（むかって左がわ）には花道がつくられている。また、上手《かみて》（むかって右がわ）には、義太夫《ぎだゆう》を語るたたみじきの高台がつくられている。

義太夫の語り手は、神主《かんぬし》の菊之助《きくのすけ》さんだ。名前まで芝居の役者のようだと和彦は思った。

和彦は、三郎《さぶろう》や千吉《せんきち》たちと、まん中へんの座席《ざせき》に陣《じん》どっていた。

この芝居の六蔵の代役に源吾が出るということはヤマネ地区でひょうばんになっていた。ヤマネ分校の子どもたちは、男先生の役者ぶりを一目見ようと集まってきているのだ。

「三郎、おめえ〝花〟を用意してきたか？」

千吉がきいた。

「うん、ちゃんと母ちゃんにもらってきた」

「いくらもらってきた?」

「二銭《にせん》だ」

「おら三銭だ」

二人は、うきうきしながら話している。

「〝ハナ〟ってお金のこと?」

和彦は、芝居のことは何も知らない。

「お金を紙につつんで、役者のしゅうに投げてやるのを〝花〟っていうんな。和彦さは持って来なんだの?」

三郎が、心配そうな顔できいた。

「うん。でも、おこづかいは十五銭もらってきた」

「じゃあ、その中から〝花〟をつつみゃあいいら」

「………」

和彦は、ちょっと考えこんだ。〝花〟を投げるのが、もったいないような気がしたからだ。

そのとき、近くにいた安明が、かん高い声を上げた。

「あっ、彦六《ひころく》さだ。松葉《まつば》づえついて歩いてくる！」

安明が指さす方を見ると、右足にほうたいをまいた彦六が、古泉堂《こせんどう》から借《か》りた松葉づえをついて、こっちへやってくる。

彦六は、山でけがをしたので、芝居に出られなくなった三十をすぎたばかりの男しゅうだ。

彦六は、ほうたいをまいた右足を前につきだして、むしろの上に手をつきながら、和彦の横にすわった。

「先生さまんとこのぼうだなあ」

彦六が話しかけてきた。

「うん、和彦っていうんな」

安明が代わりにこたえた。

「おれの代役を男先生がやってくれるっちゅうもんで、見にきたんだけど、おれよりうまくやってくれちまっちゃあ、ほんとうは困《こま》るんだよな」

和彦は、芝居のことはまったくわからないけれど、彦六さの気持ちは分かるような気がした。

「材木《ざいもく》おろしをしとって、足をけがしたんだって」

安明《やすあき》のとうちゃんも山で働《はたら》いているので、山のことならなんでも知っている。

ほうたいをまいた彦六の足を、いたいたしそうにながめながら、和彦がきいた。

「まだ痛《いた》い？」

「もう痛かねえが、こんなざまじゃあしょうがねえ」

彦六は、てれくさそうに、よくのびたぶしょうひげを、ぼりぼりひっかいた。

そのうちに、観客《かんきゃく》はどんどん集まってきて、境内は人でうずまった。

清《きよ》と宣也《のぶや》は、並《なら》んだ出店《でみせ》の前を、あちこちとびまわっていたが、そのうちに、きぬのそばに行き、観客の中にまじってすわっている。二人とも、芝居にはきょうみはなさそうだ。

やがて、境内に拍子木《ひょうしぎ》の音が鳴りひびいて、舞台の幕が開き、芝居がはじまった。

上手のチョボ床《ゆか》（義太夫を語る高台）では、菊之助さんが三味線《しゃみせん》をひきながら、声をはりあげて義太夫を語りはじめた。

語り――おしどりのごと離れぬ二人づれー、義岑公《よしみねこう》はようようと、生麦村《なまむぎむら》をおちのびて新田《にった》の方へところざし、矢口《やぐち》の渡《わた》しにさしかかり――。

和彦にはなんのことか、さっぱりわからない。

ところが彦六はと見ると、身をのり出して、なんと義太夫を口ずさんでいる。

やがて、花道を、りっぱなさむらい姿《すがた》の男と、つれあいの女が登場してくる。

「和彦は、芝居を見たことないんだって。彦六さ、自分ばっかいい気になっとらんように、和彦にも教えてやりなんよ」

安明が、彦六のひざをつついてそういうと、彦六は、

「うん、そうだな」

と、得意《とくい》になって、小声で解説《かいせつ》をはじめた。

「いろいろ、むずかしいことをいってもわからんと思うで、かんたんにいうけどな、ほれ、いま花道を出てきたのが新田義貞《にったよしさだ》の子義岑《よしみね》という人で、つれの女はうてなっていうんだ。ここは、矢口の渡しといって、頓兵衛《とんべえ》の家だ。義岑は落人《おちうど》で、新田家をほろぼそうとしているやつらに追われておるもんで、いま、舟《ふね》を出してくれってたのんどるところだ」

和彦は、わかったような、わからないような顔できいている。

彦六は、義太夫を口ずさんだり、役者のせりふをまねたり、解説をしたりで、大いそがしだ。

「ほれ、いまおくの方から、きれいな女の人が出てきたら。あれがお舟っちゅう人だ。舟は出せんっていっとるんだ」

「お舟が、舟は出せんっていっとるの?」

和彦は、なんだかこんがらがってしまった。

「あのお舟は頓兵衛の娘《むすめ》で、義岑を助けるんだけど、南屋敷《みなみやしき》の夏美《なつみ》さがやっとるんだ。うまいもんずら。百姓《ひゃくしょう》なんかやっとっちゃあもったいないに。まあず、ほれぼれしちゃう」

彦六は、足のけがなどすっかり忘れて、芝居の方にひきこまれ、お舟と義岑のせりふをまねている。

「(お舟)イヤイヤどうあってもなりませぬ。宿屋がなくば、私《わたし》の家にお泊《と》まりなさったがよいわいなァ」

「(義岑)ソリャ泊めてくださるとな。かたじけのうござんする……」

まるで一人芝居だ。

「二《ふた》ところで芝居をやっとるもんで、どっちを見ていいんだかわからんわ」

と、安明が彦六をからかった。

観客席《かんきゃくせき》もだんだんわいてきて、声援《せいえん》がとぶ。

「イョッ、お舟さん、いい女!」

「義岑もいい男、日本一!」

彦六は、また解説者にかえった。

「義岑とうてなはこの渡し宿に泊まることになるんだが、お舟が義岑にひと目ぼれしてしまうんだ」

「ひとめぼれって？」

和彦がききかえした。

「ひとめ見て、すきになっちまうことよ。先生さまんとこのぼうにゃあ、わからんかなあ。ところが、いまに出てくるけど、下男《げなん》の六蔵が、義岑が持っている旗《はた》を見つけて、新田の落人《おちうど》だっちゅうことを見ぬいてしまうんだ。そして六蔵は、頓兵衛に知らせて、ほうびのお金をかせごうとするんだ」

「ふうーん、そんなら六蔵はわるいやつなの？」

「うん、まあこの芝居ではわるいやつにさせられとるんだが、下男だもんでしょうないら。それに六蔵はお舟にほれとるんだ。さあ、これからだんだんおもしろくなるに」

彦六は、また芝居の方へのめりこんでいく。

やがて六蔵の登場だ。

パンパンパンパンパンーと、ツチ打ち（拍子木で床《ゆか》をたたく）がはじまると、花道を六蔵があらわれる。

「イヨッ、六蔵さん、日本一！」

「男先生、千両役者！」

観客席がいちだんとどよめいた。

六蔵は、ひょうきんなかっこうをして舞台に出てくる。

「ええっ？　あれが父ちゃん？」

和彦は、おもわず声を上げた。

下男の六蔵にふんした源吾は、どう見ても父ちゃんとは思えなかったからだ。

六蔵─アノ旗を持つからは、まがいなき新田の落人《おちうど》。合図《あいず》ののろしをあげようか。イヤ、討手《うって》を引き受け討《う》たせては手柄《てがら》にならず、ぬけがけし、からめ取って、ほうびの金、おれ一人でせしめてくれん。うまいぞうまいぞー。

ここでちょっと見得《みえ》を切る（見せ場をつくる）と、観衆《かんしゅう》はさかんな拍手《はくしゅ》をおくる。〝花〟が、ぼんぼんと舞台の上にとんでいく。

「おい、和彦、あれがおまえの父ちゃんの男先生だ。なかなかうまいもんじゃないか。せりふの言いまわしもうまいし、所作《しょさ》もいい。あの見得の切りかたなんかたいしたもんだ」

彦六は、ますますからだを乗り出して、両手をタコのようにくねらせながら、しきりに六蔵の所作をまねている。

かつらをかぶって、化粧をしているので、和彦にはどう見ても六蔵が源吾には見えない。でも、その方が和彦にとっては、安心して見ていられるような気がした。

「うまいことはうまいが、やっぱりどこか動きがぎこちないな」

彦六は、ちょっとあたりをはばかるように、小声でつぶやいた。

「うん、そりゃあそうな。やっぱり彦六さの方がうまいにきまっとる」

和彦がそういってやると、彦六はうれしそうな顔になって、また解説をはじめた。

「六蔵はお舟にじゃまされて、のろしを上げることはできないが、そのかわり頓兵衛のところへ知らせに行く。そのあいだに、お舟は義岑を逃《に》がしてしまうんだ」

頓兵衛――コリャコリャ六蔵、娘が目をさまし、じゃますればめんどう、物音のせぬように、おれ一人でしのび入らん――

六蔵――おっと合点《がってん》――

頓兵衛は、刀を抜《ぬ》いて二階の寝室《しんしつ》に入っていく。

芝居がだんだん山場に近づいてくるにつれて、彦六のこうふんも高まっていく。

「いいか和彦、頓兵衛は義岑を斬《き》ったつもりで引っぱり出してくるんだが、まちがえて、な

神霊矢口渡

ん と娘のお舟を斬ってしまうんだ。そこがこの芝居のおもしろいところよ」

彦六の解説には力が入るが、はじめて見る和彦には、とてもそのおもしろさは通じないようだ。歌舞伎《かぶき》どくとくの言いまわしになじめず、せりふの意味もよくわからないからだ。でも、彦六の身ぶりをまじえた説明《せつめい》と、父ちゃんの熱演ぶりは和彦にも伝わってきた。

清や宣也はどうしているかと、観客席を見まわしたら、清はあくびをしているし、宣也は、きぬのひざをまくらにして、すやすや眠《ねむ》っている。

芝居は進んで、いよいよ最後のどたんばとなった。

頓兵衛に斬られたお舟は、息もたえだえに、太鼓のやぐらにのぼっていく。その太鼓は、落人をとらえたという合図の太鼓で、それをうてば村々の見はりの囲《かこ》みがとかれることになっている。

お舟は、義岑を逃《のが》したい一心でやぐらにのぼり、ばちを手にする。

義太夫語りの菊之助さんは、汗だくになって声をふりしぼっている。

語り――よろめく足をふみしめふみしめ、ようやくばちをふり上げて、打たんとすれど、手はとどかず、のびあがりてはよろよろよろ。また起きなおして飛《と》び上がり、どんと一声、かっぱと伏《ふ》す。音のひびきにかけ来る六蔵――

六蔵──ソレ、打たせてよいものか──。

語り──ばち、ひったくる六蔵が、お舟にわきざし引《ひ》き抜《ぬ》かれ、斬りつけられ、川へざんぶり水《みず》煙《けむり》。娘《むすめ》は死出のだんまつま。義岑したう執着《しゅうちゃく》心《しん》、蛇《じゃ》ともなるべき日高川《ひだかかわ》、ひれふる山の悲しみも、これにはいかでまさるべき。あとは間遠《まどお》に鳴る太鼓。しだいしだいにせぎりきて、果《は》てなく息はたえにける──。

太鼓を打ちおえたお舟は、六蔵を刺《さ》し、とうとう力つきて、やぐらのらんかんにもたれ、からだをエビのようにのけぞらせて、息たえる。

観客の中から、すすり泣《な》きの声がもれる。〝花〟が飛び、歓声《かんせい》と拍手がわき起こって、地芝居「神霊矢口の渡し、頓兵衛住家の段」は幕となった。

ヤマネ神社の境内には、もう夕やみがせまっていたが、芝居によいしれた人々は、よういに座席を立とうとしない。

「お舟も頓兵衛もよかったなあ」

「六蔵の役は男先生がやったんだが、うまいもんだ」

「男先生は役者の素質《そしつ》があるんだで、こんな山ん中の学校の先生なんかやっとるより、東京へ出て芝居をやった方がいいんじゃないらか」

人々のあいだから、こんな話し声が聞こえてくる。

彦六もなかなか立とうとしない。

「わずか一ヶ月ばかりの練習で、あれだけやれるとは、おそれいったなあ」

そういって、感心している。

お里《さと》さ

サカダニ村の秋は豊《ゆた》かだった。山に入れば、クリの実はいくらでも落ちていたし、コナシやグミ、コッカなどの木の実も豊富《ほうふ》だ。

キノコもたくさんあった。文治《ぶんじ》が食べられるキノコを知っているので、和彦《かずひこ》は学校が終わると、いっしょに近くの山にキノコをとりに行き、シメジやボウズタケ、アメタケ、クリタケなど、たくさんとってきては、食卓《しょくたく》をにぎわせた。

日曜日には遠くの山まで出かけて、マツダケまでとってきた。

「和彦は、キノコとりの名人になっちまったなあ」

きぬは、そういってよろこんだ。

秋も終わって冬になると、千吉《せんきち》や三郎《さぶろう》が、わなをかけて小鳥をとることを和彦に教えた。

また、雪が降《ふ》ると、針金《はりがね》のわっこでノウサギをとるわなもしかけた。ノウサギの通る道に、細い針金でひっくくりをつくって、そのはしを、近くの若木《わかぎ》をたわめた先にくくりつけておく。ノウサギが、針金のわっこに首をつっこんで引っぱると、その力でたわめた木のとめがはずれて、ぴんとはねかえる。すると、ノウサギは宙《ちゅう》づりになり、ちっそく死してしまうというしかけだ。

とれたノウサギは、革屋《かわや》の仙《せん》さのところへ持っていくと、皮代を十銭《じっせん》くれる。肉は源吾《げんご》がうまく料理《りょうり》して、すき焼《や》きやウサギ汁《じる》にする。ウサギの肉はやわらかくてうまい。

春になると、男の子たちは手作りの三輪車《さんりんしゃ》で、山道の坂をダダダダーッとかけおりては、スリルを楽しむ。

三輪車の輪《わ》っこは、太いカラマツを四センチぐらいの厚《あつ》さに輪切りにしたものを使う。前輪《ぜんりん》は、自転車のように、ハンドルにつなげてとりつける。二つの後輪は、カシノキなどかたい木をしん棒《ぼう》にして車体の厚い木にとりつける。

和彦の手で、これを作るのはむずかしい。そこで巧者《こうしゃ》な総一《そういち》にたのんで作ってもらう。清《きよし》もいちにんまえにほしがるので、総一もたいへんだ。

走るときは、ブレーキがないので、両足をてきとうにつかって、ブレーキがわりにする。そのために、靴《くつ》がすりへったり、板の上にすわって走るので、ズボンの尻《しり》のところがすり切れたりして、きぬも、つくろうのにたいへんだ。

車であそんでから〝愛車《あいしゃ》〟を肩《かた》にかついで帰る途中《とちゅう》、和彦はへんな女の人にいき会った。

女の人は、手に梅《うめ》の小枝《こえだ》を持って鼻歌を歌いながら、松林寺《しょうりんじ》の墓地《ぼち》の方からおりてきた。着流しで、わらぞうりをひきずるようにはいている。長い髪《かみ》は、つる草でむすんで背中《せなか》にたらしているが、顔は人形じょうるりの首《かしら》のように白い。

「お里《さと》さだ」

三郎がいった。

「やっぱり春先になると、うかれて出てくるんだな」

千吉がささやいた。

「おかえりなさい。さんりんしゃ、おもしろかった?」

お里は、すれちがうとき、みんなにむかってそういった。鼻にぬけるたよりない声だったが、いなかじみた感じがしない。

いちばん後からあがってきた和彦は、お里に道をふさがれるようにして立ちどまった。お里のうつろな目が、和彦の顔にむけられた。

「あら、あんたは良太《りょうた》じゃない？」

いきなりお里にそういわれて、和彦はめんくらった。

「そうよね、あんたはわたしのだいじな良太。まあまあ、こんなに大きくなって……」

お里は梅の小枝をなげだすと、白い両手をさしのべて、和彦の顔にさわろうとした。

「ち、違う。おら、良太なんかじゃねえ。か、和彦っちゅうんだ！」

和彦は首をはげしく横に振《ふ》って、あとずさりした。

「えっ？　でも、良太にそっくり。いえ、良太だわ。あんたはわたしの子どもの良太でしょう？」

お里は、さらに和彦にちかづいていく。

「お里さ、この子は良太じゃないって。先生んとこの和彦っちゅう子だに」

三郎が見かねて、二人の中に割《わ》って入った。

「あら、そう。先生んとこのぼうやなの？」

お里は、さびしそうにうつむいたが、とつぜん「はははは…」とかん高い声で笑《わら》った。

三郎が和彦のそばに寄ってきて、耳もとでささやいた。

「お里さは気がふれとるんな。小さい男の子を見ると、いつもあんなふうにいうんだ」

お里は、なにもなかったように、ぞうりをひきずりながら、しょろんしょろんとした足つきで帰っていった。

お里の家は、ヤマネ川の下流の近くにある。夫《おっと》の宇市《ういち》は、うでのいい宮大工《みやだいく》で、旅先からきれいなお嫁《よめ》さんをつれてきたといって、一時は村でもひょうばんになった。そのお嫁さんがお里だった。

ところが、良太という男の子がうまれて、二歳《にさい》のとき、はやり病《やまい》にかかって死んでから、お里は気がへんになってしまった。

「和彦はお里さに会ったの、はじめて?」

千吉がきいた。

「うん」

和彦は、まだ心臓《しんぞう》がおどっていた。

「良太っちゅう子が死んでから、お里さはまいにち松林寺のお墓《はか》の前へ行って泣《な》いとるうちに、気がふれたんだって」

三郎が、お里をあわれむように話した。

「お里さは、ここらへんの人じゃなくて、身よりがないもんで、良太っちゅう子に死なれたのが、よけいに悲しかったんずら」

健三《けんぞう》が、しみじみといった。

「和彦はちょっとかわいい顔しとるもんで、良太にまちがえられたんずら。お里さの子になりゃあいいじゃん」

秋男《あきお》がからかった。

暗くなって住宅《じゅうたく》に帰った和彦は、富美《ふみ》からいきなりしかられた。

「いまごろまで、なにをしとったの。きょうは和彦がおふろをたく番じゃない！」

和彦は、三輪車を縁の下につっこんでおいてから、あわててふろの水をくみにかかった。

裏山《うらやま》の方から清水《しみず》をひいてきて、水槽《すいそう》にためた水をバケツで汲《く》んで、ふろおけの中にあける。

和彦の力では、バケツに四十ぱいほど汲まないと、火のたける状態《じょうたい》にならない。

二十分ほどかかって水を汲み入れると、和彦はやっとかまどの前にしゃがみこんで、火をたきつけた。

ほっと一息ついたとき、ほのかに梅のかおりがただよってきた。ふろ場のたき口の近くに一本の梅の木があって、いま白い花が満開《まんかい》だった。

その梅のかおりの中に、お里の顔が浮《う》かんだ。和彦はあのとき、お里が手にもっていた梅の小枝から、かすかなにおいをかいだような気がした。

こわかったけれども、お里には梅の花がよくにあっているような、やさしさが感じられた。お里のあのうつろな目で見つめられたときはおそろしかった。けれども、それはなんだかとても悲しく、あわれな顔だったような気がする。

お里は急に声高《こわだか》に笑い出した。それもうつろな笑い声だった。なぜあんな笑い方をするのか、和彦には分からなかったが、その声は和彦の耳に残《のこ》っていて消えない。

お里は気がふれているのだから、きぬや富美と違うのはあたりまえだ。しかし、きぬや富美にない、ふしぎなやさしさを和彦は感じるのだった。

「和彦、おふろの火をたきつけたら夕飯《ゆうはん》だよ。いつまでそんなところにすわりこんどるの?」

こんどは、きぬにせきたてられ、和彦は反射的《はんしゃてき》に立ち上がった。

和彦は、いつの間にか四年生になっていた。勉強をせずに遊んでばかりいたので、四年に進級した気がしない。

ただ、仲《なか》のよかった千吉や三郎、それに健三たちが、分校を終えて本校に通うようになったことと、教室の中の席《せき》の位置《いち》が変《か》わって、新しい三年生が入ってきたことが、和彦の気持ちを不安《ふあん》にさせた。

「四年生は、このヤマネ分校では最上級生《さいじょうきゅうせい》なんだで、勉強も三年生に負けんようにやらにゃあいかん」

源吾にそういわれると、少しは気持もひきしまったが、それも長くはつづかなかった。

四年生の勉強の内容《ないよう》は、三年生の時に見て知っているので、新しさが感じられず、なんとなく気分が乗らない。

ところが、学校の外に出ると、胸《むね》のわくわくするような楽しさが、和彦を待っているのだった。

今までは、千吉や三郎のあとについて、小さな冒険《ぼうけん》を楽しんできた和彦だったが、これからは、たよりにできる友だちは文治《ぶんじ》くらいなものだ。

夏になった。

和彦は、兄の広志《ひろし》よりも魚捕《さかなと》りがうまくなったという評判《ひょうばん》だ。

ヤマネ川の下流の方に、マンジョウという昔の砦《とりで》のあとがある。そこに住んでいる万蔵《まんぞう》というじいさんは、先祖《せんぞ》がさむらいだったとかで、ヤマネ地区ではちょっと顔をきかせている。

「あのへんのことは、なんでも万蔵さに聞きゃあわかる」

文治がいつかそんなことをいっていたが、和彦は、マンジョウの方まで足をのばすようになった。

便利屋《べんりや》の春吉《はるきち》から〝すて針《ばり》〟という仕かけを教わって、和彦はウナギ捕りに夢中《むちゅう》になっている。

春吉は、二十歳《はたち》をすぎたばかりの青年だ。便利屋だから、人にたのまれて、朝早く荷物を背《せ》負《お》って町の方へ出かけていき、夕方、やはり荷物を背負って帰ってくる。

その便利屋の春吉が、町の料理屋《りょうりや》からたのまれて、ウナギの仲買人《なかがいにん》をはじめたのだ。

「朝早くおれのところへ持ってくりゃあ、大きいやつなら八銭《はっせん》、小さいやつでも五銭で買ってやる。針をのんどっても、生きとりゃあいい。ほかの魚はだめだが、ウナギは生《しょう》がいいでなあ」

春吉は、和彦が魚捕りに夢中になっているところに目をつけ、ヤマネ川のウナギを捕らせて一もうけしようと考えたようだ。

そして、和彦に〝すて針〟の仕かけを教えた。

「なあに、仕かけはかんたんさ。麻糸《あさいと》とウナギ針さえありゃあいい。おれが町から買ってきてやる。ゼニはウナギではらってくれりゃあいいでな。えさは畑におるふつうのミミズだ」

春吉は、つぎの日には麻糸とウナギ針を買ってきて、和彦にわたした。そして、針のむすび方、えさのつけ方、おもりに使う小石のむすび方などを教えた。

「ウナギは、ヤマネ川の下流の方にたくさんおる。すて針を仕かけるには、マンジョウから下の方がいい。瀬《せ》の中でも、水のよどんだ渕《ふち》のようなところにおるでな。そこにほうりこんでおいて、朝早く行って引き上げるだ」

朝早く起きるのはつらいけれど、きぬにそっとたのんでおけば、いくら早くても起こしてくれる。

和彦は最初《さいしょ》、マンジョウの下のあたりのヤマネ川に、二十カ所ほどすて針を仕かけた。

春吉に教えられたように、麻糸の長さは二メートルから三メートルぐらいにして、糸のはしは木ぎれにしばりつけておく。その木ぎれを糸まき代わりにして長さを調節《ちょうせつ》し、流されないように、仕かけた場所の目じるしになるような重石《おもし》の下にはさんでおく。

すて針は初めてだが、川には慣《な》れている和彦は、手ぎわよく仕かけることができた。

その夜、和彦は胸が高鳴ってなかなか寝つかれなかった。

二十本仕かけたうち、何本ウナギがかかっているだろうか。引き上げられないほどの大きなやつがかかっていたらどうしよう。

そんなことをいろいろ想像《そうぞう》してみると、こうふんして眠《ねむ》れなくなるのだ。

「ウナギは、針を深くのみこんどるで、引き上げてバケツの中に入れたら、ナイフで口もとから麻糸を切るんだ。そうしないと、糸がウナギのからだにまきついて、息ができんくなって死んじまうでな」

春吉のいうとおり、和彦はちゃんとナイフも用意した。

「とれたウナギはバケツの中、糸は木ぎれにまきつけてビクの中、ナイフはズボンのポケットの中ー。ようし、ちゃんと用意はできとるぞ」

和彦は、うとうとしたかと思ったら、もう起こされていた。五時だったが、あたりは明るかった。一人で川へ行くのはちょっと心細かったが、川の流れを見たら、気持ちが落ち着いた。

最初の仕かけを見ると、糸がピーンと張《は》っていて、その先は水中深く、岩の間に吸《す》いこまれていた。

和彦は胸をおどらせて重石《おもし》をとりのけ、糸をつかんでぐいっと引っぱった。手ごたえはじゅうぶんだった。

いぶし銀のような腹《はら》を見せ、水中でS字をえがいてあばれるウナギの力が、ぐんぐんぐんぐんと糸から直接《ちょくせつ》、和彦の手に伝《つた》わった。上がってきたのは、五十センチほどの、いきのいいウナギだった。

和彦は、こうふんのあまり、思わず足をすべらせて浅瀬に落ちこんだ。ズボンはびっしょりぬれたが、えもののウナギだけは、ちゃんと宙《ちゅう》づりにしていた。

急いでバケツに水を汲み、その中にえものを入れると、ナイフを取り出して、口もとから糸を切りとった。その動作は意外なほど手早くできたが、和彦の手はこうふんのためふるえていた。

ウナギは、はげしくからだをくねらせ、一時は和彦のうでにまきつきそうになるほどのいきおいだったが、糸を切ると、バケツの底《そこ》に輪《わ》を作って、ようやく静《しず》まった。

和彦は夢中で、つぎつぎと仕かけ針を上げていった。

五つめにあげた針にも、同じぐらいなウナギがかかっていた。

中には、ウナギに針をとられてしまったものもあったが、二十本の針を仕かけた中で、五匹《ごひき》もかかっていたのだから大漁《たいりょう》だ。

和彦は、重いバケツをさげて春吉の家へ走った。

「おう、すごいな五匹も捕れたか」

町へ出かける準備《じゅんび》をしていた春吉は、バケツの中のウナギを、一匹一匹、その大きさをたしかめ、

「よし、ちょっと小ぶりなやつもおるが、みんな生きがいいで、六銭ずつで買ってやるでな」

といって、腰《こし》にまきつけたサイフから三十銭とりだして、和彦の手に渡《わた》した。

その日から、和彦は〝すて針〟に病みつきになってしまった。雨さえ降《ふ》らなければ、畑でミミズをほってあきかんに入れ、ビクの中に仕かけをつめこんで、夕方になると、ヤマネ川の下流へ出かけていった。

夜中から大雨になり、仕かけた針がすっかり流されてしまったこともあったが、たいてい二匹か三匹は針にかかっていた。

もうすぐ夏休みという七月のある朝、和彦がすて針を上げにヤマネ川に下りていくと、いきなり万蔵にいき会った。

「先生さまんとこのぼうだな。このごろ、熱心にすて針を仕かけているようだが、たんと（たくさん）釣《つ》れるかな？」

万蔵は、にこにこしながら和彦に話しかけた。

「うん。でも、このごろはあんまり……」

和彦は、あいまいに答えた。

万蔵は、たれ下がったほおを急にひきつらせて、こわい顔になった。

「ここらへんならいいが、〝ひぐれが渕《ぶち》〟へは行かんほうがいいぞ」

「ひぐれが渕？」

和彦がはじめて耳にする渕の名まえだ。

「うずまきに足をとられて、おぼれ死んだものがある渕だでな。ひぐれが渕には、ヤマネ川のぬしが住んどって、そいつが人間の子どもを、川にひっぱりこむんだっちゅうぞ」

和彦はこのとき、ふと〝かわらんべのツネ〟を思い出した。かわらんべ（カッパ）は、水あびをしている子どもを、渕の中へひっぱりこむという話を聞いたが、二瀬《ふたせ》で会ったかわらんべのツネは、親切で冒険《ぼうけん》ずきで、ゆかいだった。

だから、和彦は万蔵のいっているのは、おどかしではないかと思った。

「かわらんべが住んどるの？」

和彦がきいてみた。

「かわらんべかどうか、とにかく大きな魚だ。この川のぬしだ。おまえさんは、すて針を仕かけておるようだが、あのひぐれが渕だけには仕かけん方がいい。ぬしを釣り上げたらおしまいだ」

「おしまいって？」

「おしまいっちゅうことは、このヤマネ川の魚が、すっかりいなくなっちまうってことよ」

万蔵は、遠くを見つめながらそういった。どうやら万蔵はおどかしではなく、本気でいっているようだった。

夏休みに入ったが、梅雨のおくれで、ぐずついた日がつづき、すて針は不漁《ふりょう》だった。

和彦は、ひぐれが渕の方まで足をのばしてみた。マンジョウより三百メートルほど下流にその渕はあった。

トチノキの大木が枝をのばしていて、水は岩につきあたってうずをまき、一日じゅう日のあたらない渕である。

「なるほど、これはでっかい渕だ。ここへ仕かければ、きっと大物が上がるにちがいない」

和彦はそうつぶやいて、暗い水面をみつめていた。

だが、すぐに思いとどまった。「ヤマネ川のぬしを釣り上げたらおしまいだ」という万蔵のことばを思い出したからだ。

クヌギ林で、さかんに鳴いていたヒグラシの声も鳴きやんだころ、川から上がってきた和彦は、どきっとして思わず足をとめた。

ゆかたを着流しにした女の人が、ネムノキの葉かげからふらっと出てきた。

「お里さだ」

和彦はちょっとためらったが、いそいでお里の横を通りぬけようとした。

「和彦さん、おさかなとれた？」

お里はにこっとわらいながら、鼻にかかる声できいた。

「……」

和彦は、なんとこたえていいか困《こま》った。

お里はいつものように、長い髪をつる草でたばねてうしろにたらしている。うすやみの中で顔と手だけが白い。その手に、黄色いノカンゾウの花を持っている。

「おさかな、とれなかったの？　じゃあ、この花あげる」

お里は、ノカンゾウの花を和彦にわたした。

和彦は不意《ふい》をつかれて、息をのみこむのといっしょに、花の茎《くき》をにぎらされた。

お里はうつろな目で和彦の顔を見て、「ウフフフッ」とわらった。姉が弟をからかうときの

ようなわらい声だったが、和彦はきゅうに背すじがさむくなった。

お里は、その日も松林寺のお墓へ行ってきたのだろう。夫の宇市は、大工の仕事で外に出ているのかもしれない。

和彦は手に持たされたノカンゾウの花を、とちゅうの草むらに捨《す》てた。ユリににた黄色いその花には、まつわりつくようなあやしさがあった。また、その茎にはなまあたたかい、お里の手のぬくもりが残っているようだった。

和彦は、もう人の顔さえ分からなくなった暗い道を家へ帰った。

ふろはもうたきつけてあった。和彦はウナギでためた小づかいを持っているので、兄の広志がせびりにくるのだ。

「おまえが遅くなったときは、おれがふろをたいてやる。その代わり二銭よこせよ」

広志は、かけひきがうまい。

和彦は、ふろのかまどの前にしゃがみこむと、その目にまたお里の白い顔が浮かんだ。

夏だというのに、少しも日にやけていない、その白さが和彦にはふしぎだった。

嫁入りの行列の中で、厚《あつ》げしょうをしてうつむいているお嫁さんの顔を、和彦は見たことがあるが、それほど美しいとは思わなかった。キツネが化けてでもいるようで、ほんとうの顔とは思えなかったからだ。

それにくらべて、お里の顔は、けしょうもなにもしていないのに白い。目のふちが赤らんでいるのは、宇市に叱《しか》られるたびに泣くからだと和彦は思った。ただ、その目の色は、昼寝《ひるね》からさめたばかりのように、ぼやけていた。

つぎの日の朝、和彦はすて針を上げにいったが、ウナギは、小ぶりなのが一匹かかっていただけだった。

「ちぇっ、ゆうべおそく、夕立があったからだ」

和彦はそういって顔をしかめた。夜中に水が少しでもふえたりにごったりすると、ウナギは用心してえさを食わなくなるからだ。

つぎの日も不漁だった。

「ウナギのやつ、この川にはもういなくなっちまったのかなあ」

和彦はいらいらしてきた。

便利屋の春吉が、朝早く住宅に立ちよってくれるのだが、かんじんのウナギがとれないのだ。

「よし、こうなったらあの渕へ…」

つぎの日、和彦はとうとうひぐれが渕へすて針を仕かけることにした。

トチノキの大木におおわれたその渕は、水の色もわからないほど暗かった。

和彦は、とくべつに長く作ったすて針のあさ糸の先におもりをつけ、足をふんばって岩の上から投げこもうとした。

そのときだった。渕のすみの浅瀬の方に、なにやら白いものがうごめいているのを見た。

和彦は、はっとして手をとめた。白いものはすうっと長くのびて渕のまわりを泳ぎはじめた。

「あれがひぐれが渕のぬしか！」

和彦は、とっさにそう思った。

「いや、違う！」

和彦は、すぐにそれをうち消した。

白いものは、魚ではなかったからだ。

むぞうさにたばねた長い黒髪を、白い背にたらして水の中に半身を立てたのは、お里の水浴《すいよく》のすがただった。

顔は見えなくても、髪のかたちでそれは分かった。

和彦は、見てはならないものを見てしまったと思って、岩かげに身をかくした。

「アッハハハハ……」

水にたわむれているお里の笑い声が、瀬音にまじってきこえてきた。

とつぜん、男の人の声がした。

「里―、こんなところでなにしとるだ。おぼれたらどうする！」

宇市の声だった。

和彦が思わず顔を上げると、宇市は大工の仕事着のまま、ザブザブと水の中に入り、お里の手をにぎって岸にひっぱり上げた。そして、

「このばかアマが！」

と、平手でお里のほおをなぐった。

お里はよろめいて、砂の上にうずくまった。そして、声を上げて泣きはじめた。しんそこ悲しそうなすすり泣く声であった。

宇市は、なにやら口の中でぶつぶついいながらも、お里のぬぎすててあった着物をひろって、その白い肩にかけた。

平手うちをした宇市ではあったが、大きなため息でもついているように、肩を落としてしょんぼりと立っていた。

手のろい動作《どうさ》で着物をまとうお里のすがたが、あわれに、しかもまぶしく和彦の目にうつった。その日から、和彦はすて針を仕かけるのをやめた。

やがて夏休みも終わり、九月に入ると、サカダニ村にも台風《たいふう》がやってきた。雨は三日もつづいて、ヤマネ川は大水となった。

ようやく雨があがった朝、日曜だったので、和彦は文治をさそってクリでも拾いに行こうと思い、地蔵堂《じぞうどう》のあたりまで来たとき、春吉が消防《しょうぼう》のはっぴを肩にひっかけて、あわてて走ってくるのにいき会った。

「春吉さん、なにかあったの？」

和彦がきくと、春吉のこうふんした声が返ってきた。

「川流れだ。ひぐれが渕に、女のドザエモン（水死体のべつの呼《よ》び名《な》）が浮いとるんだと」

「ええっ？」

和彦は、棒立ちになった。

「その人はまさか、お里さじゃあ…」

「なんだ、おめえ知っとるだか。だれだかまだよくわからんが、お里さじゃないかっちゅう話だぞ」

春吉は、ひらひらするはっぴのすそを、おびのあいだにつっこみながら、大またに川の方へおりていった。

和彦は、知らないまに春吉のあとを追っていた。だが、とちゅうでたちどまった。お里がいっていたことを思い出したからだ。

―もし、本当にお里さだったらどうしよう。お里さはいつか、あたいが渕で魚をつかまえてやるっていっていた―。

和彦はまよった。そして思いつめたように、地蔵堂までひきかえして、木かげにかくれるようにして春吉の帰りを待った。

やがて、春吉が帰ってきた。

「やっぱりお里さだった。岩の上から足をすべらせたらしい。なにしろ、気がふれておったもんで、水のおそろしさっちゅうものを知らなんだようだ」

春吉は、ため息まじりにそういつた。

「宇市さが引きとっていったが、ほとけさまにはわるいが、宇市さもこれで肩の荷がおりたっちゅうものかも知れん」

春吉も、さすがにふくざつな顔をしていた。

しばらくして、和彦は人目をはばかるように、そっとひぐれが渕の方へおりていた。岸の砂地《すなじ》には、おとなたちの足あとが一面に残っていた。渕の水はまだにごっていて、流木や木の葉などがたまってうずをまいていたが、それを見つめていた和彦は、思わずはっとなった。そのうずをまいている中に一輪《いちりん》のヒガンバナが浮かんでいた。

—松林寺のお墓に咲いていたヒガンバナを、手に持ったまま、お里さはこの渕におぼれたのではないだろうか。お里さは、もともとこの渕にすむ魚のぬしだったのかも知れない—。

和彦は頭の中が混乱《こんらん》して、いろいろな想像が浮かんでくるのだった。

次の日、学校に行くと、秋男が待ちかまえていたように、にやにやしながら和彦にいった。

「お里さが死んじまったで、和彦はさびしいら」

「……」

和彦は、むっとなった。

「お里さは、和彦が好《す》きだったんだぞ。自分の死んだ子に似《に》ておったもんで…」

「それがどうしたっちゅうんだ。気がふれとったって、あの人は心のやさしい……」

和彦は、はじめて秋男にさからった。しかし、ことばがつまった。

「うふふ……やっぱり……」

秋男は、ふくみ笑いをしながら教室を出ていった。和彦は追っかけていって、その顔をひっかいてやりたいと思った。

入れかわりに、文治が入ってきた。

「おい、ヤマネ川に発電所ができるんだって」

こうふんした文治の声が教室にひびいた。

「発電所が?」

教室にいた数人のものが、顔を見合わせた。

「うん、もう測量《そくりょう》もだいたい終わって、すぐに工事にかかるんだって」

「発電所ができると、川はどうなるの?」

和彦が心配そうにたずねた。

発破《はっぱ》の音

「発電所ができりゃあ、ヤマネ川の水はなくなっちまうんだって」

文治《ぶんじ》はその話をゆうべ、じいちゃんからきいたのだという。

文治の話によると、発電所はマンジョウよりずっと下のヤマネ川の下流にできるのだそうだ。ヤマネ川の水は、二瀬《ふたせ》より上流のアサゲ村との境《さかい》あたりでせきとめ、そこからやく七キロメートルの隧道《ずいどう》（トンネルの中の水路）を通して水を引くことになった。

水は発電所の上から、一三〇メートルの太い水圧鉄管《すいあつてっかん》をななめに走り落ちて発電所のタービンを回すしくみになっているのだ。

「その水の落ちる力で、でかい水車をまわして電気をおこすんだって」

「そうすると、川の水はみんな山ん中の隧道を通るようになるんだなあ。川はなくなって魚は捕《と》れんし、水あびもできなくなっちまうんだなあ」

和彦《かずひこ》は、さびしそうな顔でいった。

「うん。それでも、小さな沢《さわ》の水が流れこんでくるで、水あびぐらいはできるら」

文治もさびしそうだ。

「川がなくなれば、釣《つ》りもできんで男先生もつまらんずらなあ」

四年生のサチ子が、源吾《げんご》に同情《どうじょう》した。

和彦も、それを考えていたところだった。川がなくなってしまえば、源吾の大好《だいす》きな釣りができないばかりか、夏休みの一番の楽しみもなくなる。

二瀬で野営《やえい》（キャンプ）しても、おもしろくないし、ひっかけでアユをとったり、すて針《ばり》でウナギを釣ることもできない。

「どうして発電所なんかつくるのかなあ」

「それは、グンジュ工場で電気をたくさん使うからだって、父ちゃんがいっとった」

文治はこのごろ、戦争《せんそう》ごっこに夢中《むちゅう》になって、五年生や六年生などの上級生といっしょになって、むかいの山に基地《きち》（とりで）をつくっているようだ。

源吾もこのごろ、朝礼のときなどで戦争の話にふれるようになった。

「いま、日本は支那《しな》（中国）と戦争をしておることは知っておるな。このヤマネ川にも発電所ができて、川遊びができなくなるが、六千五百キロワットという電力が名古屋《なごや》のグンジュ工場に送られて、お国のためになるんだ。このサカダニ村でも、どんどん出征兵士《しゅっせいへいし》を送り出しておる。

みんなの家からも、たんすや唐紙《からかみ》のとってなどの金物《かなもの》を供出《きょうしゅつ》しているが、あれはみんな、お国のために働《はたら》いている兵隊《へいたい》さんが使う武器《ぶき》になるんだ。武器ってわかるかな。戦車《せんしゃ》とか、飛行《ひこう》機《き》とか、機《き》関銃《かんじゅう》とか、敵《てき》をやっつける道具のことだ。

この前も、松林寺《しょうりんじ》で大事にしておった釣《つ》り鐘《がね》が供出されたなあ。あの釣り鐘も、グンジュ工場へ送られていって、もう鉄砲《てっぽう》のたまか何かに生まれ変《か》わっておるかも知れん」

というような話をするのだが、お寺の釣り鐘が鉄砲のたまになるなんて、和彦には想像もできないことだった。

その夜、彦六《ひころく》が区長の金三《きんぞう》さんといっしょに住宅《じゅうたく》にやってきた。

彦六は、去年、山でけがをして、秋まつりの芝居《しばい》に出られなかった山師《やまし》だ。

「先生さま、わしのところへも、いよいよ赤紙《あかがみ》…いんね召集《しょうしゅう》令状《れいじょう》がまいりました。九月五日に出征します。よろしくお願《ねが》いします」

彦六は、姿勢《しせい》を正して軍隊式《ぐんたいしき》の敬礼《けいれい》をした。

「そうかな。それはおめでとうございました。足の方はすっかりなおったかな」

源吾は、ゲートル（脚絆《きゃはん》）を巻《ま》いている彦六の足を見ながらきいた。

「はい。足はもうすっかりなおりました」

彦六は、むりに元気な声を出しているようだった。

区長の金三さんは、

「そういうわけで、先生さま、いつものようにまたお願いいたします」

といって、ていねいに頭をさげた。

「ああ、あのことですなあ。わかりました。二、三日前までには作っておきますで」

源吾はそういって返事をしたが、となりの部屋できいてた和彦には何のことか分からない。

すると、そばにいた広志《ひろし》が小声でささやいた。

「金三さは、またあいさつのことを父ちゃんに頼《たの》んどるんだぞ」

「あいさつって？」

「出征兵士を送る会の時に金三さがしゃべるあいさつの原稿《げんこう》は、いつも父ちゃんが書いとるんだ。この前は漢字を読《よ》み違《ちが》えたっちゅって父ちゃんがなげいとった。〝なにとぞよろしく〟っていうところを〝なにそつよろしく〟っていっちゃったって」

広志は、にやにやしながらそういった。

和彦は、そんなことより彦六がかわいそうだと思った。彦六は、ことしもまた秋まつりの芝居に出ることはできない。彦六の元気のないのはそのせいかと思った。

彦六につづいて、春吉も、九月二十日に出征した。春吉は彦六よりずっと若い。和彦は、日の丸の旗《はた》を振《ふ》って送ったとき、春吉の目に涙《なみだ》が光っているように思った。

昭和十二年七月にはじまった中国との戦争が、だんだんはげしくなったことを物語るように、サカダニ村からも、つぎつぎと若い男の人たちが出征していった。

本校では、高等科の生徒《せいと》たちが、毎日のように教練《きょうれん》（軍事《ぐんじ》訓練《くんれん》）をやっているようで、富美《ふみ》も総一《そういち》も、くたくたになって帰ってくる。

富美は、木製《もくせい》のなぎがたを使って、敵にきりかかる練習。総一は、しないをふりまわす剣道《けんどう》はもちろん、銃剣術《じゅうけんじゅつ》といって、銃《じゅう》の先に短い剣《けん》をつけて、走っていっては、わら人形を「エーイ、エーイ」と突《つ》くような練習までやるのだという。

十月に入ると、ヤマネ地区に、発破《はっぱ》の音がひびくようになった。発電所をつくるために、ヤマネ川にそった道を、トラックが通れるように広める工事と、隧道を掘《ほ》る工事とが、同時にはじまったからだ。

工事にたずさわる人夫《にんぷ》たちの泊《と》まる、かんたんな合宿所もできた。地区の人たちは、それを

〝飯場《はんば》〟と呼《よ》んでいた。

子どもたちの中には、めずらしいもの見たさに、飯場へ遊びに行くものがいた。

けれども、きぬは、それらの人たちを警戒《けいかい》しているようだった。

「こわそうな顔をした人たちがおるで、飯場へは遊びに行っちゃあいかんに。悪いことばを教わったりするで」

といわれているので、和彦も清もきぬのいいつけは守っていた。

また、マンジョウの下の方には、発電所で働く人たちの社宅《しゃたく》が建《た》てられることになり、家族づれで越《こ》してくる人もいるという。そうなると、そこの子どもたちは、ヤマネ分校にも通うことになる。

「机《つくえ》や腰掛《こしか》けも足りなくなるで、今のうちに何とかせにゃあ」

源吾は、もうそわそわしはじめた。

発電所工事のために、ヤマネ地区はいちどに活気づいてきた。

地区の人たちの中には、工事を手伝《てつだ》うものが出てきた。隧道工事などには、コンクリートでかためるために、セメントに混《ま》ぜるバラスという小石が必要《ひつよう》だ。

発破で岩をくだいて、トロッコで運び出してくる岩のかけらの中からそのバラスをとる。大きな石は、ハンマーでくだいて小さくする。

そのバラス作りの仕事を土地の人たちがかって出た。一箱作ればいくらという値段《ねだん》がつけられ、軍手《ぐんて》にハンマーをにぎって石を割《わ》る作業が、工事現場《げんば》近くですすめられた。

源吾もその仕事に目をつけた。なれれば子どもでもできる仕事だ。秋の稲刈《いねか》り休みになっても、特《とく》に仕事のない自分の子どもたちに、その仕事をさせることにしたのだ。八人所帯《じょたい》の家計をささえるために、富美が先に立ってとりくむことになった。

かんたんそうに見えても、なかなかむずかしい。くだけた石が飛《と》んでくるし、へたをすると、ハンマーで指をつぶしそうになることもある。

秋休みもたちまち終わろうとしている日の夕方、へとへとに疲《つか》れて帰ってくると、きぬが、いつもと違《ちが》った明るい声で子どもたちを迎《むか》えた。

「ほら、今日のごほうびはバナナだよ。それに、お礼のお金が一円！」

「ええっ、バナナ？」

「お礼って、だれから？」

居間《いま》のちゃぶ台の上に、黄色によくうれたバナナの大きなふさが、どかっとのっている。

「薬売りのおじさんだよ。ほら、去年の夏、ホッキの道から落ちて大けがをした、あの富山《とやま》

の薬売りのおじさんが、あの時助けてくれたお礼だって置《お》いていってくれたの。バナナは、ご飯《はん》のあとでみんなでいただきな。お金は貯金《ちょきん》しといてやるで」

きぬの話だと、薬売りのおじさんは、もう足はすっかりなおって、元気に歩いてきて、

「子どもさんたちに、くれぐれもよろしく」

といったそうだ。

また、明浩《あきひろ》と英男《ひでお》の家や、ツネの家を教えてやると、そこへも行ってお礼をしなくてはと、いそがしそうに歩いていったという。

「ああ、いいにおい。この皮をすてるのはもったいないなあ」

「うーん、この口の中でとろけるような感じは、なんともいえんなあ」

「ほんとに、バナナなんて食べるの、何年ぶりかなあ」

子どもたちは、にこにこしながらバナナをほおばっている。

遠くで、また発破の音がした。

（おわり）

解説

児童文学作家　和田　登

私が宮下さんと、初めてお会いしたのは、同人雑誌「とうげの旗」の初期の頃でした。私がまだ学生時代です。未熟な私たちは、文学精神とか、芸術性豊かな作品とはなどと、気張って盛んに論じていた時代です。

その頃出現した宮下さんは、そんなことを言っていても、子どもが喜んで読むようなものでなきゃダメだに――と、持論を展開して今日に至っております。よって、本人の書く作品を総覧してみると、かならず子ども読者を引きずる指向が工夫されています。

今回の作でも、どこの村にも居そうな頑固な男、マムシの作蔵や子どもでは、カッパの変化《へんげ》のようなツネの存在などがそれです。それらがユーモアをたたえながら、読者を山奥の分教場のある世界へといざなっていきます。

また、夜、死んだ馬を土中から掘り出して食ったり売ったりする男たちや、幼い子を亡くして哀れなふるまいをする若い母親の末路を目撃する少年たちを描くことで、人間の生死について考えさせます。

ところで私はこの一冊を、児童文学作家、宮下和男の生涯に残しておきたいと願った決意の一冊であるという思いを、みなさんと共有したいと思います。ご高齢になり、且つ病のため、筆も思うように運ばなくなったと自覚した時にこの力作が生まれたのです。

ひとは誰でも、自分の子ども時代を糧として生きてきています。

宮下さんは、この期におよんで、その糧であった子ども時代を改めて見つめなおして、なおかつ次世代の人々に、自分の思いのたけを物語として書いておきたいと思ったということに尽きるでしょう。物語として、と書きましたが、ご自身の家族史を念頭に教師である父、源吾夫婦がひきいる六人の子どもが描かれています。おそらく和彦は、作者そのものの分身です。

　時代は、昭和十三年の三月から書き起こされています。ということは、前年が、わが国が日中戦争に突入して、軍国主義一色に染まって行った時期にあたります。

　この作品の特徴は、そんな時期にありながら、終わりの方は別として、戦時色は抑えにおさえて書いている点です。その代わりに、自然のなかで暮らし、探検や冒険などをしていく子どもの生活が如何にすばらしいかを強調しています。

　実際に、著者の子ども時代は、そうであったのでしょう。その記憶が、成人して作家となった時、「きょうまんさまの夜」に始まり「湯かぶり仁太」「しかうちまつり」以下多数の土俗的生活環境のなかでたくましく生きたり、悩んだりする人間像を生んでいくようになったのだと考えます。

　どうか、そんなことを頭におきながら、宮下和男の世界に思いをはせてお読みいただければ幸いです。

　　二〇一七年五月一七日

○追記

　私がこの一文を書いた八日後、著者は自著を手にすることなく、人々に惜しまれつつ他界いたしました。つつしんで哀悼の意を表します。

著者紹介《ちょしゃしょうかい》

宮下 和男（みやした　かずお）

1930年、長野県飯田市に生まれる。信州大学教育学部修了。長野県下の義務教育教員を務め、高森中学校校長を最後に退職。飯田女子短期大学教授として児童文学を講義した。信州児童文学会元会長。日本児童文学者協会会員。1968年『きょうまんさまの夜』(福音館書店)で日本児童文学者協会新人賞受賞。主な作品に『いねむり平太』(学習研究社)、『ばんどりだいこ』(ポプラ社)、『春の迷路』(ほるぷ出版)、『少年の城』(岩崎書店)、『落ちてきた星たち』(岩崎書店)、『しかうちまつり』(新日本出版社)などがある。

小林 葉子（こばやし　ようこ）

長野県に生まれる。武蔵野美術大学視覚伝達デザイン学科卒業後、印刷会社勤務をへて画家となる。主な作品に『竜馬にであった少年』『宇宙からやってきたオ・ペア』『止まったままの時計』『竜神様の銀のしずく』『根の国物語』（ともに文研出版）、絵本『のうさぎのおかあさん』（喬木村椋鳩十記念館）がある。長野県在住。

『里山少年たんけん隊』刊行実行委員　（◎は事務局）

大島洋子　大原文男　帯刀昇　北澤勝彦　◎北沢彰利　北原幸男　木下容子
熊谷千世子　佐々木克志　清水貫司　花岡三喜治　原国子　福山康雄　松澤弘尚
山口赳　山岸欣平

里山少年《さとやましょうねん》たんけん隊《たい》

2017年7月18日　第1刷　発行
2017年8月3日　第2刷　発行

著　　者　宮下 和男 文 ／ 小林 葉子 絵
発 行 者　木戸 ひろし
発 行 所　ほおずき書籍 株式会社
www.hoozuki.co.jp/
〒381-0012　長野市柳原2133-5
TEL（026）244-0235㈹
FAX（026）244-0210
発 売 元　株式会社 星雲社
〒112-0005　東京都文京区水道1-3-30
TEL（03）03-3868-3275

ISBN 978-4-434-23574-0